台灣作家全集

2 珍貴的圖片

台灣文學作家的精彩寫眞，首次全面展現，讓我們不但欣賞小說，也可以一睹作家眞跡。

1 豐富的內容

涵蓋1920年到1990年代的台灣重要文學作家的短篇小說以作家個人爲單位，一人以一冊爲原則。

縫合戰前與戰後的歷史斷層，有系統地呈現台灣文學的風貌。

榮譽出版發行／
前衛出版社

曾心儀集

台灣作家全集

短篇小說卷

台灣作家全集

短篇小說卷

曾心儀的短篇小說〈彩鳳的心願〉，由李元貞教授改編爲話劇，由淡大同學在北市藝術館演出。（一九七八年攝於藝術館海報前）

曾心儀出生台南，幼兒時期全家福，作者由父親抱著（攝於台南市）

曾心儀（左一）唸小學時，家搬至台北，在眷村中長大。

曾心儀（左）唸初中時與同學攝於北一女操場

曾心儀早婚，與兒女攝於台北的兒童樂園，婚姻結束後，與兒女分居台、美兩地

文化大學畢業典禮，與同學合影，左爲作者

曾心儀與邱義仁合攝於黨外編聯會會場（一九八四年九月九日）

曾心儀（前排左三）一九八三年擔任民眾日報文教記者，由教育部安排環島訪問

鄉土文學論戰時認識老作家楊逵，攝於楊逵居所

曾心儀與摯友李敖合照

黨外編輯作家聯誼會爲獄中陳菊舉辦生日晚會
左起：蕭裕珍、吳乃仁、吳乃德、蘇治芬、劉守成、陳慶智、曾心儀、邱義仁

林家滅門血案，出殯前夕、黨外人士輪流守靈
曾心儀（中）、尤清（左）、
賀端蕃（右，留美學人，勞支會海外代表）

孫案翻案風未發生之前，與被軟禁三十三年之久的孫立人將軍合攝於孫宅。

No.

美濃鄉居

曾心儀

美濃的雨天非常美。但是，颱風天大風雨時就非常可怕。去年（一九九○）兩個大颱風，美濃和附近（高屏地區各鄉鎮）淹水很厲害，河水淹到地面，一部車裏載了幾個人全車落水，死了好幾個人。我住的小屋淹水到半個小腿，屋裏一片狼藉。

可是，我仍愛這兒，幾乎不可能搬離，重回台北居住。其實，在這裏生活非常艱苦，生活上有很多問題，處處不方便。然而，這裏有一股強有力的吸引力，我甘願留在這裏；可以說是沉溺在這裏。美濃對我來說，有太多內在

曾心儀手跡

No. 1

、極豐富——優美、衝突、矛盾、寧靜，以及種種辛酸与盼望的混和——屬於生命最深處，也是形而上的意境。

就以我寫字坐的這個位置（我吃飯、與朋友聊天也是坐這裏），從這兒往屋外看，就是非常美的景色。這間屋是舊三合院多搭出來很簡陋的小室，屋頂比一般三合院還要低矮。然而，從我坐的地方往外看，此屋的門和外面景色成為一幅多層次、鮮活、很美的構圖。小室的牆壁粗糙，塗了不均勻的白漆，牆底是一短截黃漆。門框，我原來以為是紅磚，在磚与磚縫隙塗了白漆。看它第一眼就很好看。住了滿長一段時間，有一天偶然發覺自己的手臂怎麼有一塊塊紅色的碎片？起先搞不清是怎麼回事，後來才知道是我倚著門框，那紅磚表面的漆剝落，沾在我的皮膚上。到

孔雀

(24×25)

曾心儀手跡

曾心儀近照

出版說明

《臺灣作家全集》是臺灣新文學運動以來最有意義的選輯，也是臺灣文學出版上最具示範的創舉。全集係以短篇小說爲主體，以作家個人爲單位，涵蓋一九二〇年至九〇年代的重要作家，縫合戰前與戰後的歷史斷層，有系統地呈現了現代文學史上臺灣作家的精神面貌。

在內容上，包括日據時代，由張恆豪編輯；戰後第一代，由彭瑞金編選；戰後第二代，由林瑞明、陳萬益編選；戰後第三代，由施淑、高天生編選。全集計劃出版五十冊，後每隔三年或五年，續有增編，一人以一冊爲原則，戰前部分則因篇幅不足，有二人或三人合爲一集。

在體例上，每冊前由召集人鍾肇政撰述總序（文長兩萬字，首冊爲全文，其它則爲濃縮），精扼鈎畫出臺灣新文學發展的歷程、脈絡與精神；並由各集編選人執筆序言，簡要介紹作家生平及作品特色；正文之後，則附有研析性質的作家論，及作家生平寫作年表、小說評論引得，期能提供讀者參考。臺灣面臨歷史的轉捩點，瞻前顧往之際，本社誠摯希望能對臺灣文學的出版、推廣、教育及研究上有所貢獻。

台灣作家全集

短篇小說卷

緒言

鍾肇政

時代的巨輪轟然輾過了八十年代，迎來了嶄新的另一個年代——九十年代。發軔於二十年代的台灣文學，至此也在時代潮流的沖激下，進入了一個極可能不同於以往的文學年代。

然則這九十年代的台灣文學，究竟會是怎樣的一種文學？在試圖回答這個問題之前，我們似乎更應該先問問：台灣文學又是怎樣一種文學？

曰：台灣文學是台灣本土的文學、台灣人的文學。

曰：台灣文學是世界文學的一支。

倘就歷史層面予以考察，則台灣文學是「後進」的文學：比諸先進國的文學，即使是近鄰如日本，她的萌芽時期亦屬瞠乎其後，比諸中國五四後之有新文學，亦略遲數年。

只因是後進的，故而自然而然承襲了先進的餘緒，歐美諸國文學的影響固毋論矣，即日本文學、中國文學等也給她帶來了諸多影響。易言之，先天上她就具備了多種特色集於一身，因而可能成爲人類文學裏新穎而富特色的一支——當然這種說法恐難免落入過分單純化機械化的發展論，未必完全接近實際情形。事實上，一種藝術的發芽與成長，土地本身的人文條件與夫時代社經政治等的變易更動，在在可能促進或阻礙她的發展。證諸七十年來台灣文學的成長過程，堪稱充滿血淚，一路在荊棘與險阻的路途上踽踽而行，備嘗艱辛。

職是之故，若就其內涵以言，台灣文學是血淚的文學，是民族掙扎的文學。四百年台灣史，是台灣居民被迫虐的歷史。隨著不同的統治者不同的統治，歷史上每一個不同階段雖然也都有過不同的社會樣相與居民的不同生活情形，而統治者之剝削欺凌則始終如一。七十年台灣文學發展軌跡，時間上雖然不算多麼長，展現出來的自然也不外是被迫虐被欺凌者的心靈呼喊之連續。

台灣文學創建伊始之際，我們看到台灣文學之父賴和以文學做爲抗爭手段之一的筆跡。他反抗日閥強權，他也向台灣人民的落伍、封建、愚昧宣戰。他身體力行，諸凡當時的抗日社團如文化協會、民衆黨和其後的新文協等，以及它們的種種活動，他幾乎是每役必與，並驅其如椽之筆發而爲〈一桿稱子〉、〈不如意的過年〉、〈善訟的人的故事〉等小說與〈覺悟下的犧牲〉、〈南國哀歌〉等詩篇，爲台灣文學開創了一片天空，樹立了不朽典範。

中期，我們又有幸目睹了台灣文學巨人吳濁流之出現。第二次世界大戰進入最慘烈階段之際，在日本憲警虎視眈眈下，吳氏冒死寫下《亞細亞的孤兒》，戰後更在外來政權戒嚴體制的獨裁統治下，他復以《無花果》、《台灣連翹》等長篇突破了統治者最大的禁忌。他不但爲台灣文學建構了巍峨高峰，還創辦《台灣文藝》雜誌，創設台灣第一個文學獎「吳濁流文學獎」，培養、獎掖後進，傾注了其後半生心血，成爲台灣文學的中流砥柱。

七十星霜的台灣文學史上，傑出作家爲數不少，尤其在時代的轉折點上，每見引領風騷的人物出現，各各留下可觀作品。此處暫不擬再列舉大名，但我們都知道，在統治者鐵蹄下，其中尚不乏以筆賈禍而身繫囹圄，備嘗鐵窗之苦者，甚或在二二八悲劇裏飲恨以終者。以所驅用的文學工具言，有台灣話文、白話文、日文、中文等等不一而足，蔚爲世界文壇上罕見奇觀，此殆亦爲台灣文學之一特色。日據時，曾有「外地文學」之稱，輓近亦有人以「邊疆文學」視之，唯她既立足本土，不論使用工具爲何，其爲台灣文學則無庸否定，且始終如一。

不錯，七十年來她的轉折多矣。其中還甚至有兩度陷入完全斷絕的眞空期，其一爲戰爭末期所謂「決戰下的台灣文學」乃至「皇民文學」的年代，以及戰後二二八之後迄國府遷台實施恐怖統治、必需俟「戰後第一代」作家掙扎著試圖以「中文」驅筆創作、接續斷層爲止的年代。一言以蔽之，台灣文學本身的步履一直都是顚躓的、蹣跚的。到了七十年代，鄉土之呼聲漸起，雖有鄉土文學論戰的壓抑，反倒造成台灣文學的欣欣向榮，入了八十年代，鄉土文學不僅成爲文壇主流，益以美麗島軍法大審之激盪，衝破文學禁忌成了不可遏止之勢，於是有覺醒後之政治文學大批出籠，使台灣文學的風貌又有了一變。

八十年代已矣。在年代與年代接續更替之際，正如若干年來每屆歲尾年始，報章上總會出現不少檢討與前瞻的論評文學，也一如往例悲觀與樂觀並陳，絕望與期許互見。有一明顯的跡象是嚴肅的台灣文學，讀者一直都極少極少，在八十年代末期的消費社會、資訊多元化社會以及功利主義社會裏，文學的商品化及大衆化傾向已是莫之能禦的趨勢，於是當市場裏正如某些論者所指摘，充斥著通俗文學、輕薄文學一類作品，純正的文學乃又一次陷入危殆裏。

然而我們也欣幸地看到，八十年代末尾的一九八九年裏民主潮流驟起，舉世爲之震動。繼六四天安門事件被血腥彈壓之後，卻有東歐的改革之風席捲諸多社會主義共產國家，連蘇聯竟也大地撼動，專制統治漸見趨於鬆動的跡象。（草此文之際，世人均看到蘇俄首任總統終告產生。）這該也是樂觀論者之所以樂觀之憑藉吧。

不錯，新的人類世界確已隨九十年代以俱來。即令不是樂觀者，不免也會睜大眼睛看著世局之演變並對它有所期待才是。而九十年代台灣文學，自然也已是呼之欲出！君不見繼八九年年尾大選、國民黨挫敗之後，台灣的民主又向前跨了一步，即令有第八任總統選舉的權力鬥爭以及國大代表之挾選票以自重、肆意敲詐勒索等醜劇相繼上演於國人眼睜睜的視野裏，但其爲獨大而專權了數十年之久的國民黨眞正改革前的垂死掙扎，彰彰在吾人耳目。

在九十年代台灣文學即將展現於二千萬國人眼前之際，《台灣作家全集》（以下稱「本全集」）的問世是有其重大意義的。過去我們已看到幾種類似的集體展示，計有《日據下台灣新文學》（明集，共五卷，明潭出版社，一九七九年三月）、《光復前台灣文學全集》（八卷，後再追加四卷，遠景出版社，一九七九年七月）、《本省籍作家作品選集》（十卷，文壇社，一九六五年十月）、《台灣省青年文學叢書》（十卷，幼獅書店，一九六五年十月）等四種。無獨有偶，前兩者均爲戰前台灣文學，後兩者則爲清一色戰後台灣作家作品。而其中，除最後一種爲個人結集之外，餘皆爲多人合集。值得一提的是後兩者出版時，白色恐怖仍在餘燼未熄之際，前兩者則是鄉土文學論戰戰火甫戢、鄉土文學普遍受到肯定之後，因此可以說各各盡了其時代使命。

本全集可以說是集以上四種叢書之大成者。其一，是時間上貫穿台灣新文學發軔到輓近的全局；其二，是選有代表性作家，每家一卷，因而總數達數十卷之鉅，堪稱自有台灣新文學以來之創舉。是對血漬斑斑的台灣文學之路途上，披荊斬棘，蹣跚走過的前輩們，以及現今仍在孜孜矻矻舉其沉重步伐奮勇前進的當代作家們之獻禮，也是對關心本土文學發展的廣大海內外讀者們的最大禮物。

（註：本文爲《台灣作家全集》〈總序〉的緒言，全文請看《賴和集》和《別冊》。）

目錄

愛麗絲遊記
——曾心儀集序

施　淑

打七〇年代走過來的，應該都記得，那時候，報紙雜誌常見一則廣告，廣告說：「不開門也見山。」在許多公共場所，甚至住家，於是眞的看見了鋪天蓋地而來的大片樹林，彷彿是白楊樺樹一類的寒帶林，在山邊水涯。另外也該記得，那時候，在不少餐廳，幽幽的桌面兀立著盛開的一朵玫瑰花，不經意拿起，是塑膠，而瓶裏赫然供滿淸水。也就在那時候，大家開始讀曾心儀小說。跟隨她的小說走上台北街頭：

中山北路路邊植著扶疏的楓樹，楓樹伸展成一條長長的綠線非常優美。………這一帶有許多高級的商店相連，間或新興了極時麾的女子服裝店，考究的嬰兒用品商店。還有家畜醫院，古董字畫、藝品畫廊，貿易行，公司，都有著穩定富裕的氣息。

在這條她的早期小說世界的唯一通路上，十二歲開始在百貨公司站專櫃的彩鳳，爲了競選公司舉辦的時代歌后，穿上借來的禮服，匆匆跟章副總、賴老板上飯店、咖啡廳，努力拉選票。當她終於戴上后冠，她的第一件差事是在豪華飯店的房間，面對一個滿臉橫肉，貪婪地打量她二十歲不到的身體的大日本嫖客。

也是在這條曾心儀早期小說世界的唯一通路上，蜷縮在閣樓裏的愛娜，剛墮過胎，好不容易撿回一條命，爲了媽媽，爲了她來歷不明的混血兒子，照舊認眞上班，做大酒出場。跟她進進出出幽森黑暗、壁飾裝潢、琳瑯擺設著酒和飲料的影影綽綽的吧間的，還有名叫伊娃、朱莉、費雯、凱琳等等的女孩。

而公主露西，十三歲離家，結婚三次，三十歲不到就生病割掉子宮，從精神病院回到吧間，一得空，她就一遍遍述說家史。她說，她是烏來山地人，她身上的血統很混雜，外婆是山地人，外公是台灣人，父親是山地人和日本人混血。談起父母，她說：

現在他們都很老了，身體不好。我就是因爲要照顧他們，現在我人還在台灣，不然我早到美國去了。我姊姊、妹妹、阿姨都嫁到美國去了。我前兩天還寫信給她們，對她們說，妳們再等一等，也許過一年、兩年我就要來追妳們。現在要好好賺錢存錢。

女友問她，怎麼存錢？她說：人做事都要靠運氣，她最相信運氣，她有預感她的運氣就要來了：

也許我今天或是明天遇見一個生意人，他帶我出場，開旅行支票給我，或是送我去美國的飛機票。給我一筆錢。有錢人一千塊、一萬塊美金好像草紙一樣，折成台幣就是四萬或四十萬呢。

張愛玲傳奇世界的底層，宇宙洪荒的黃土窰邊，跳蹦蹦戲的花旦，朗聲報上自己的身家姓名，窰洞外面是飛沙走石的黃昏，寒縮的生存只剩土窰裏最原始的親情。饒是這樣的荒涼，也已是古典中國的傳奇。七〇年代末的台北，沒有飛沙走石，也沒有自己的姓名，生息在陽光之外的烏來公主、彩鳳、愛娜，像夢遊的愛麗絲，穿梭在壁飾裝潢間，在機器複製了的自然裏，從一個飯店到另一個飯店。她們相信可以交換一切的錢，這個最激進的平等主義者，能為失去一切的自己交換來自己失去的一切，最好是名字本身就保證著美好生活的美國。在台灣女性主義運動剛萌芽的時候，曾心儀記錄下了這些社會檔案，其中的問題，持續到今天的討論裏。

也是社會檔案，曾心儀記錄了喧騰一時的台灣歸國學人公害。「我愛博士」中，相信知識、相信愛情的文學少女，不在乎世俗規章，也不要婚姻約束，與她的博士情人效法沙特和德•波娃的美麗故事。但他們的故事，最後結束於無關知識愛情的崇高和純粹，也未曾超越世俗規則的知識和愛情的遊戲規則。隨著台灣貿易順差的急速增長，當新的貨幣貴族有足夠力量進口一切精緻的世界名牌時，一度是名牌的歸國學人，早已失去它的神話意義。不過附著在這上面的有關知識和崇高的嚮往，在曾心儀小說中，卻結合著她對青春和生命的珍惜，對不公不義的社會現象的憎惡，浪漫的或現實的呈現在她往後的創作裏。從本集編選的〈酒吧間的許偉〉、〈牆〉、〈星星墜落了〉、〈小螞蟻〉等篇，可以看到她在這方面的執著和努力。

在她的小說集自序中，曾心儀寫了如下的詩句：

我時時看見她
身心傷痕壘壘，
我期待她
自污血中站起。

我們殷切盼望投身社會政治活動的曾心儀，走出愛麗絲的奇幻世界，走出它的樸克皇后的國度，昂揚站起。

烏來的公主

她是這樣說的。我並不了解烏來山胞族的情形。也許別的公主聽到她的這番話，會爲了一種自尊或是榮譽，出面抗議。也許她卑下的生活會令她的族人引爲羞恥。但是我請你們公主，暫拋去榮譽的包袱，用您們的愛心和同情設法了解她坎坷的經歷。現在有很多人生活得很好，別墅空在山上的新社區，一年難得去住幾天。也有一些人雖然不能過豪華生活，至少三頓飯有得吃，生病了可以去醫院看公保。比起來，露西實在是可憐的。她在這樣支撐時，嘮叨地向周圍女友們敍述她的身世，句句話都是眞言。若說，我們何妨靜靜地、寬容地做一位聽衆；我覺得這是太抬高了我們自己。噢，不要輕視卑微社會地位的人吧。

這樣長相、外型，怎麼能做歡場生意呢。在這個都市裏，對女人有一套審美觀點，眉、目、唇、鼻、面龐、輪廓，不是清秀可人、甜美，就是豔麗、妖冶。容貌亦還分劃氣質個性、神秘莫測高深的、健朗的、閉月羞花的、野貓、夢露等等。對於女人的體格也有準則。燕瘦環肥、臀腰乳房的弧度、大腿小腿之粗細、手柔若無骨、手指纖細、指甲塗了什麼顏色的寇丹。之外，還要看她是否風姿搖曳、儀態萬千。歡場裏的女子，愈具這些條件，就愈吃香，可以不愁衣食。露西又瘦又小，臉只有一般女子三分之二弱大。短短的頭髮，小耳朵下搖晃著過時式樣的耳環。幸好她的眼睛、鼻子、嘴巴長得不大不小，沒有特別顯眼的缺陷，人們的眼光對她搜索至此也就煞車了。

「露西，妳是哪裏人？」

她說話的聲調平直，沒有起伏。很容易使人猜想她是山胞，可是看她的面容又不能很快確定。

「我是烏來山地人。可是我身上的血統很混雜，我外婆是山地人，外公是台灣人。我父親是山地人和日本人混血。我們住在烏來，爸爸媽媽都講山地話，我唸了小學才會說國語。就因爲我會說國語——我家開飯館，我媽媽希望我給她幫忙，我小學畢業時，我媽媽說，秀月妳暫時不要唸書了，來給我幫忙照顧生意吧。我爸媽不會說國語。以後他們慢慢才會。我爸爸在警署做事，從日據時代就在警署做事。現在他們都很老了，身體不好。我就是因爲要照顧他們，現在我人還在台灣，不然我早就到美國去了。我姐姐、妹妹、阿姨都嫁到美國去了。我前兩天還寫信給她們，對她們說，妳們再等一等，也許過一年、兩年我就要來追妳們。現在要好好賺錢存錢。」

「最近生意都不好，能存錢嗎？」

一位女友疑惑地問。

「做這生意是不一定的。」

露西頭靠在沙發椅背上，眼望著天花板。

「也許我今天或是明天遇見一個生意人，他帶我出場，開旅行支票給我，或是送我去美國的飛機票。給我一筆錢。有錢人一千塊、一萬塊美金好像草紙一樣，折成台幣就是四萬或四十萬呢。」

「如果永遠碰不到這樣濶氣的生意人呢。我碰過一個客人，我向他討小費一千塊台幣，他已經熱起來了，臉手發燙，急著要辦事，還直跟我討價還價。那也是個生意人啊，住希爾頓飯店呢。」

「人做事都要靠運氣。我最近運氣不好，沒有賺錢，還常常跟人家借錢。唉，人都是現實的。以前我有錢的時候，我以前很豐滿的，客人喜歡帶我出場，我給妳們看相片。」

她一邊翻皮包，看了皮包一眼，順口說道：

「最近眞是鬧窮，這個皮包這麼破，早就要買了。」

她想到自己剛才提起「以前有錢的時候」，雖在忙著找相片，仍接著說：

「我有錢的時候很會幫助人家。我的弟弟妹妹過去繳學費，都是我給他們幫忙。我是他們的銀行。他們需要錢的時候都來找我。現在不一樣了。我窮了，他們都把我以前的好處忘記了。我對他們說，沒有關係，你們現在冷淡我，等以後我有錢了，再說吧。我現在不要理他們了。我寫信給在屏東教書的妹妹和妹夫說，你們在最近的將來都不會有我的消息，我不告訴他們我現在在哪裏，反正我的意思就是我要重頭來過。離婚的事過去了。我的精神慢慢恢復正常了，我是正常人了，我以前精神不正常，住在精神病院。運氣不好。現在要慢慢好了。我有預感，我的好運快要來了。」

她翻開皮夾。裏面許多黑白的、彩色的、新的、舊的中國人、外國人、混血兒童的相片。

「看看，我以前多胖。」

「眞是妳嗎？怎麼和現在比，差這麼多。」

那時，她有個小而豐圓的臉。有肉的體格，不像現在這樣寒酸。肉多一點，做客人也好做。男人的手愛摸女人的身體。在歡場裏，用眼睛看、用手摸、上床後抱抱是少不了的。露西如果現在像以前那樣胖，大家不會太心悸她搶客人，又總把客人趕跑。

她瘦面頰都削進去。小嘴嗒嗒急快地說話，像小鳥的嘴喙。

「我寫信給我教書的妹妹，跟她借錢。她不理我。我妹夫來台北時，我碰見他，罵他。你們不肯借錢給我，寫信講幾句好話、安慰的話總可以吧。我們家，我這個妹妹唸書唸得最好。她是大學畢業。畢業後和她先生到先生家那裏去教書。他們是同學，談戀愛結婚的。我妹妹唸大學時，沒有錢就來找我。哈，現在她都忘記了。他們現在過得比我好。可是，家裏還要靠我。我是我家最能幹的，要辦事，整理房子，照顧老爸爸、老媽媽，都是我一個人做。我騙爸爸媽媽，我在給外國人當管家。外國人常常要出去旅行，所以我要住在主人家裏，偶爾白天回去看他們。不能讓他們知道我做這事。我們家以前是有名望的，現在烏來、新店一些大人物都跟我爸爸相熟。我們在酒吧做事，雖然有時候沒有客人，賺錢不多。可是，碰到好客人，我們仍是過得很好啊。我們可以去大飯店吃牛排，我妹妹和妹夫雖然比我神氣，他們就是吃不起牛排。我們還可以去各大飯店、小飯店住。豪華的場面也見識過。啊，我覺得我們好像一隻小鳥，有客人帶我們出場。我們這天就有一個舒服的窩。人眞是跟鳥一樣的，就是每天爲了找東西吃、找個窩住而操心。我們要有個窩。不要做野貓，在街上跑來跑去。」

小姐們都懶洋洋地躺在沙發上。午間的日光只透進開敞的門口附近。室裏未開亮燈，幽暗間，壁飾裝潢、吊燈披著灰塵顯得荒涼。它也像那憔悴的女人未著妝前一般，反而眞實。

「我的生活一直都跟外國人有關。我還唸小學時，我們家旁邊住著傳教士。他們要找個管家。我爸爸就對我說，秀月妳去做，賺點錢。我就去給他們家做管家。他們是很高尚的外國人。我替他們做事，什麼事都做，他們很講究，連大人、小孩洗過的三角褲、尿布都要用熨斗燙。他們對我很好。不過，工錢不多。我英文就是在那裏學的。我不應該離開他們家。離開以後，生活都改變了。我好奇貪玩，跟兩個女人到花蓮去。那兩個女人想要多賺錢可是不敢在台北、基隆，這裏離烏來近，容易碰到熟人，給人笑。她們到花蓮去，在茶館做事，她們是賣『B』的。我跟她們去，本來只是要去當小妹。唉，以後的遭遇眞是事先也料不到。

我爸爸、媽媽管教我們的方法不一樣。我這一輩子只給我爸爸打過一次。我爸爸很愛我們，不會生氣拿我們出氣。我媽媽太忙了，要照顧生意，還要帶我們孩子，她有時都不管我們，不知道我們在做什麼。我爸爸打我那一次，我永遠記得。我發育很早，我很早熟。」

女友們忍著笑，疑惑地在她臉上、身上搜尋她過去的蹤跡。

「我十二歲就有月經。我穿黑褲子，覺得褲子溼溼的，脫褲子來看，布是黑的，看不出來，用手摸摸，」

「看看手，怎麼是紅的。再上厠所用紙擦，紙也是紅的。我就想這個大概就是月經了吧。我對媽媽說。媽媽問我什麼時候開始的，我告訴她今天。媽媽說，是的，這就是月經。」

「你們知道，發育早就會交男朋友，」大家哄然大笑。

「我那時很喜歡一位老師，常常跑到他的宿舍去。後來我們就戀愛了。可是我們從來沒有搞過，」

大家又忍不住笑起來。她是這個店裏說話最不保留的小姐。

「眞的。我們沒有搞過。親親摸摸有啦。我第一次是被不認識的人強姦的。」

她停頓了一下，臉色黯然。她的平靜、逝去的年歲幾乎掩藏了強暴的遺駭。

「我唯一的被爸爸打，就是爲了那位老師。我常常在他那裏待到很晚。有一次，回家時都快天亮了。我家門都關了，我就從厨房爬窗跳進去。啊呀，我爸爸坐在厨房裏等我，好像他心理有準備，他會在這裏等到我。他叫我走到他面前去，他並沒有一上來就打我耳光。他指著一個長木櫈，那櫈子長度剛剛好和我的身體一樣，爸爸要我趴在上面。我趴上，椅子剛好和我一樣。我爸爸拿了一根大竹條，啪啪啪打我屁股，好重，很痛。可是我沒有哭。我知道，我該打。這就是我爸爸打我的唯一一次。我覺得好痛，就對爸爸說：『爸爸，請你不要打了吧，我以後再也不敢了。』爸爸就不打我了。可是當妳愛上一個人，就是被打得要死，你還是會偷偷跑去看他。我就是這樣，偷偷地時常背著我爸爸去和那老師幽會。不過，我一直是處女。第一次是被人強姦。

我想那兩個女的一定是先串通了拐我。她們嫉妒我家，我爸爸在警署做事認識很多大人物。她們就想要把好人家的女孩拖下水，跟她們一樣，她們就高興了。她們騙我，說帶我去花蓮玩，順便看看我可不可因去當小妹賺一點錢。我就跟她們去了。到了花蓮，我們先到一家茶室。茶室老闆說他們不缺小妹，要我去陪客人坐。我哭了，我害怕，不要陪客人。那時候我還留學生頭髮，是處女。我一直哭。老闆就找那兩個女的來，要她們把我帶走。她們帶我到另一家旅館，要我當小妹，叫我把一個茶壺、毛巾拿給一個房間的客人。那個房間靠最邊緣，後面是山。我以前在家也是常幫忙招呼客人。有些客人不知道，對我叫：喂，小妹，小妹。他們以爲我是下女。我對他們說，我不是下女，我是這裏老闆的千金小姐，我是公主。」

女孩們瞪大了眼，「公主」是多麼高貴的頭銜。是貴族呢。

「是啊，我是公主。我爸爸後來當了鄉長。妳們知道，山胞族鄉長的女兒就是公主。我對客人說，我不是下女、傭人，是千金小姐、是公主。——以後我們家境不好，爸爸媽媽接連生病，飯館關門賣掉了。

我想，我可以在旅館當小妹。我就照她們的話，把茶壺、毛巾拿到遠遠的那個房間給那個客人。他三十歲左右。我把東西放在他桌上，他就把門關起來，抱我，跟我說，我們來做愛。我說，做什麼愛，我又不愛你。你不要汚辱我吧，我哭了，他還不放手，用力拉我的褲子，我拚命抵抗，我人小，力氣小，那個時候我還沒有學過功夫，以後，我每天學功夫，以後又有兩個鬼子想要強姦我，他們就是拿不到我，我還把他們摔到地上爬不起來，不過也是因爲他們喝酒醉了，搖搖擺擺，以後我的功夫很厲害，我用手肘、用脚踢。」

她比劃起來。中國功夫內含的力量不可因這小女人模樣給忽視。女孩們聽著若信若疑。

「那個時候我不會功夫。我對他說，你把我糟蹋了，以後我怎麼辦，他說，沒關係，要跟我結婚。結婚個屁，我以後看也沒有再看過他。那附近很空曠，我想那兩個女的一定是和他先說好了。我心想，叫死了，也沒有人會聽見來救我。我橫下心，犧牲了吧，犧牲到底。就給他搞了。他搞的很快，一進去就出來了。我從小愛運動，我很會游泳，我跳水很好。因爲常常運動，那個膜很薄，一搞就破，他搞得並不很難。大概膜薄吧，我看看床單，只有淡淡的一點紅。我沒有哭只掉下兩滴眼淚。沒有辦法，命運不好。現在的人心太壞。我一個妹妹也被人強姦。她和她的女朋友逛街。有四個人過來和她們講話，約她們去內湖玩。就把她們強姦了，警察趕來了，四個人想逃跑，一個人從山崖摔下去，摔死了，另外三個人都判了刑。其中有一個人的母親來向我們下跪求情，要給我們錢。我們不要錢。這種人不能原諒！」

「有學問的人都說不要相信命運。可是，若不是命運不好，怎樣解釋我這半輩子的遭遇呢？我結婚三次，都不是戀愛嫁的。第一次是被強迫、被騙的。那時候我在酒吧當調酒員。他是個賭徒，中國人，常常來看我，約我出去玩。我的日子過得很苦悶，就和女朋友學會了打牌，就常常和他去打牌。有一回，一連打了三天，沒有睡覺，就病倒了。我輸錢又住進醫院。我住院時，他每天來看我，對我說，要我嫁給他。我對他說，我不愛你，不能跟你結婚。他說不愛他，沒有關係，愛情可以慢慢培養。如果我跟他結婚，賭輸的錢、他幫我付的醫藥費，都不必還他，約有一萬多塊。我說我出院了，到酒吧上班賺錢還他。錢不能買我的人、買我的婚姻。我出院後，就到酒吧上班。還沒有湊夠錢還他。有一天，他拉我到法院，要和我結婚，是他強迫的。我那時還小，不懂事，若換成以後，我馬上就在法院告他，以後的命運就不一樣了。從法院回來，他說，我現在是他的妻子了，不用上班。每天要在家裏做家事。他是離過婚的人，有三個小孩跟他住。我一回到他家就開始哭，每天從早哭到晚，整整哭了一個禮拜。後來，我們一直住下去，我每天都痛苦，就有精神病了。我天天跟他吵架，他就打我。我對他說，放我走，我們辦離婚。不然，我要去住精神病院。我後來眞的自己跑到精神病院住。他才答應和我離婚。

我第二個丈夫是個外國人，很年輕，長得帥。他和我住同一個公寓。我因爲剛離過婚，情緒不好，常常和他碰面，很喜歡他，就跟他同居了。後來，我們又處不好，他也常常打我。我嫁過的丈夫都打我。我最恨男人打女人。我跟這個鬼子同居，後來他要回國就跟我結婚，要我跟他一起去美國。可是我覺得他對我不好，不敢去。他自己先回去了，我一直沒有去。而且，我爸媽年紀大，有病，需要我照顧。我沒有去。還是在酒吧上班，以後我丈夫來台灣，我們就離婚了。

我第三個丈夫是人家做媒的。這個人很老實，是中國人。我吃過苦，朋友勸我找個好人結婚，安定下來。我看這個人還老實就跟他結婚了。可是他太老實了，什麼都限制我，不准我出去，也不准我做新衣服穿。我們常常吵架，他就打我。有一次把我的牙齒都打掉了。我現在這顆牙齒是假牙。」

她張大嘴，指著一顆犬齒。

「我對他說，你虐待我，我也不要靠你吃飯，我要靠自己，我要再出來上班。我要和他離婚，他不肯。我就說，你不肯離婚，可是我要回酒吧上班，賺錢養自己、養爸媽，我在酒吧上班對你沒有面子。我下定決心要離開家庭。最後他才和我離婚，我沒有馬上上班。這一次，我眞正是患了精神病，住到精神病院。人家以爲，我好不了。不過後來我還是慢慢好了。啊，命太苦。壞運氣應該都過去了吧。我有預感，我的預感都很靈，我預感好運快要來了。」

她所指的好運就是要賺大錢，但是她通常是難做上客人的。她天天向媽媽桑發牢騷沒有賺到錢。她這麼瘦了，又患了腹瀉，拉肚子連拉了幾天，臉顯得更蒼白瘦小。她卻沒有錢去醫院看病。有一位女友，日前剩了一帖止瀉藥轉送給她。

「不行，我的胃不好。我不敢吃。」

腹瀉未止，有一天晚上，她向會計借了兩百塊，匆匆出門。次日向朋友們敍說她的另一個病。

「我昨晚坐在沙發上等客人。怎麼覺得下面很癢。全身不舒服，在發抖。實在不能忍受，就跟會計借錢去看醫生。我先上厠所，用小鏡子照怎麼看到脫皮了。把它拿近看，啊呀嚇死人了，怎麼是隻小白蟲。我到醫院，醫生說，我是被男人傳染的，只要把陰毛全部剃掉，蟲不能寄生，就好了。護士就幫我剃毛。全部剃了。啊呀，眞是浪費我的錢！早知道，只要把毛剃掉就好了，我不是自己可以找剃刀來剃嗎，就省下兩百塊了。眞是！馬上就好了。他媽的，不知道是哪個鬼子傳染給我的。聽說是一種蚤蟲。我從來不知道有這種病！我一向是很愛乾淨的，我上班這麼多年，這是第二次得病。我每次跟客人搞過，不會就睡覺，一定要先上浴室洗了才睡。這次眞倒霉。我昨天到我妹妹家，跟她一起洗澡。她問我怎麼沒有毛了，我不好意思告訴她我得了病，我騙說，我每年要剃毛一次，有這個習慣。我對她說：看我愈長愈小了，變成小女孩了，哈哈，沒有毛了！最近都沒有賺錢，還一個接一個毛病。雖然有客人帶我出場，可是都沒有拿到小費。那一個美國學生，他身上只有六百塊，還不夠付出場費。我跟媽媽桑商量。好久沒出場了，這個客人只要付一百塊給店裏，那時又很晚了。另外他還付旅館的錢。我肚子餓了，我們只能吃餛飩麵。吃了，才住旅館。我們去住『寶宮』，『寶宮』最便宜。天亮了，我就趕快跑回來。」

有一晚，店裏來了兩個結伴的、修飾高雅的年輕洋人。蒂娜和嘉寶兩人去做。嘉寶後來去換裳，她離開後，露西與這客人搭訕。嘉寶回來也不爭，知道她最近沒賺錢，就讓她去做。兩對人相對坐著。蒂娜和客人打情罵俏。露西向她的客人說話，卻沒有回聲。不多久，這兩男子就離去了。蒂娜遺憾地吐露，都是因爲露西的客人不喜歡露西。蒂娜的客人很喜歡蒂娜，可是他們是好朋友，要帶小姐就要兩人都帶，不然誰都不帶。蒂娜不住歎息地說：可惜，是軍官來台度假，有錢呢。

店裏有一種不成文的規矩：早來上班的，先做客人；貌美容易出場的先做客人。爲了後點，露西常常敬陪末座。可是她會主動搶客人。她很熱心做客。不像一般小姐，看到客人進來，眼光掃過客人面容、風度、挑三揀四，遲遲地去搭客人。這樣，一般人不愛做的客人就推給露西去做。

有一天，露西喝醉酒，坐一會兒沙發，走進走出，扯高了嗓門大罵。點唱機樂聲很響，壓過了她的字句。只見她拚命在爆發脾氣。

「是啊，我是精神病，我發瘋！我肚子裏有火，要爆發出來，不要被憋死了！你們誰都不要管我，你們都沒有資格管我。」

她這天晚上在二樓小休息室裏哭了很久。出來下樓上厠時眼睛紅腫，眼上皮多了兩飳肉。人家再問她什麼事令她火氣這樣大，她淡淡地說，沒有賺錢心裏不舒服，所以發火。要把胸口裏這一團氣發出來，對身體健康有益。

有時候，她用一種榮譽、炫耀的神態宣揚她的阿姨、姐姐們住在美國，而她也坦言她們曾在酒吧上班，認識了洋人結婚，嫁到美國去。她們都在美國離婚、再婚。

「我姨丈在美國變心了，交上了美國女人，就跟我阿姨離婚。」

她拿出她的混血的外甥女、外甥的照片，和歪歪扭扭簡單的英文信給女友們看。小傢伙頭上帶著彩紙帽，在胖胖的爸爸幫助下拿著大刀子切著生日蛋糕。還有她的姐姐們站在美國的建築物、廣場、公園、車站旁照相。

近來她一個妹妹常帶男朋友來店裏。姐妹倆坐在一起總是鬥嘴。連妹妹的男朋友也幫著妹妹奚落她。露西說：

「我要貢獻自己給國家，不要嫁給日本人、美國人。」

「笑話。妳不嫁日本人、美國人的時候妳又怎麼樣貢獻了。」

「妳怎麼忽然想到要貢獻自己給國家，妳怎麼忽然有愛國心了。」

「我不愛國。我只愛我自己。噢，我愛國，我抽愛國牌香煙。」

露西呵呵笑，伸手拿桌上的長壽煙。

「她是在講精神病話。」

妹妹瞄著她。她默然吸著煙，平靜地說：

「是的。我講精神病話。我承認，我有精神病。」

「妳只要少喝酒，少罵人，就夠好了。自己把自己管好了，再談貢獻國家。」

「我要寫信給台大醫院的醫生，我死的時候，把我的眼角膜挖下來，送給需要的人。以後再把我的身體拿去做實驗研究。」

她邊說邊指眼睛、摸摸胸膛。

這個妹妹臉蛋比姐姐大，豐圓。身體也較豐滿。顯得有自信心。這幅姐妹圖與「慾望街車」電影裏的姐妹不一樣。那電影裏的妹妹多麼有愛心、多麼純良，像個小媽媽似地包容、愛護、照顧那位色衰失常的姐姐。

姐姐走開後，妹妹與她的男友恢復平常的語調、態度，互相說話。女的顯得溫柔嫵媚，男的殷勤有禮。

「露西，妳這位妹妹結婚沒有？」

「結婚了。她嫁到日本。她丈夫是日本人，結婚後虐待她、打她，她就自己買了飛機票回到台灣。過幾天她要去日本，去辦離婚。有位朋友與她同搭一班飛機，一路上可以照顧她，我就不必爲她擔心了。」

喂，聽說，現在女人比男人多。以後要兩個女人嫁一個丈夫。我勸妳們以後生孩子，要生男的不要生女的。」

「生男生女可以控制嗎？」

「去問醫生嘛。我的意思是現在女人太多了。男人更神氣，乾脆還是不要結婚吧。不過也不行：以後老了，誰來養我們呢，又沒有丈夫，又沒有孩子可以依靠。」

「啊，我告訴妳們，」

她湊過頭來，悄聲地說：

「我昨天做的那鬼子，到了旅館，他把衣服脫了。」

「哇——」

她把手指比了又比，女孩們都睜大眼嚇得要命。

「哇！那還是沒硬呢！」

「嚇死我了，我逃跑回來。我回來只跟媽媽桑講。媽媽桑笑壞了，說，這是不能搞的。我人很瘦，而且我子宮生過病，割掉了。」

露西十三歲離家。現在近三十歲了。

「露西，妳倒底幾歲啦？」

「快三十歲了。」

「二十八歲嗎？」

「差不多。人家問我幾歲，我總是說，二十五歲。我就是活到一百歲我都要說：我二十五歲。

啊，我今天回去看爸爸媽媽。這兩天雨下得好大，我回家整理，看看老人家。我爸爸七十一歲，我媽媽六十四歲。我媽媽病比爸爸嚴重，她好久沒有笑了，她今天笑了，啊，我好高興。好久沒有看見她笑了。人一定要孝順父母，父母養我們大，吃盡了千辛萬苦。我是命運不好，如果我命運好，今天有個好丈夫，爸爸媽媽就可以享福了。我有時候想到他們的後事都是我的責任，唉，我的責任好重啊！」

音樂響的時候，她也湊進玩鬧的女孩子們裏，起勁地跳舞。人家都不愛跳的，過時的扭扭舞，她獨家表演，把人們的記憶拉回十幾年前扭扭舞流行的褪了色的日子裏。這種快步舞的興奮抖動糾合著過時的趣味，糾合著她叨叨敍述她的身世經歷，她瘦小的人身在這旖旎的燈輝裏，在這小舞池，旋轉，流轉，是一個鮮明真實，一個小女人生命的呈現……

——原載一九七六年七月七日

彩鳳的心願

一

打卡機「卡嚓、卡嚓」地響著，連續不斷。女店員們擠擠攘攘地，臉上露著疲勞、摻和著藏不住下班帶來興奮的神色。站在隊伍後端的，伸長脖子往前望，盼著快些輪到自己。彩鳳和雅容，和周圍的女友們一邊還在談話，一邊跟著隊伍往前挪移。在這些少女中，彩鳳顯得突出——只有她，濃妝豔抹，甚至濃過那些賣化妝品的美容師。

打過卡的，歡歡欣欣地把卡片放回壁櫥，整個人就急著想往店門外衝；但是，還得過另一關。

穿著公司制服的男管理員們仍耐著性子，檢視著每位店員隨身的皮包、衣物。

「這一包裏面是什麼？」

管理員面無表情地指著彩鳳手中的一個提袋。

「是朋友借我的禮服。」

「打開來看。」

「眞麻煩！人家累死了，只想快些回家睡覺！」

彩鳳氣嘟嘟地把提袋打開，拿出衣服抖了抖，長長的、質地柔軟、色澤明豔的禮服亮在管理員面前。管理員拉過衣領，要看商標。彩鳳忿忿地說：

「告訴過你，這衣服是借來的！不是公司的！」

站在彩鳳身後的雅容，看不過管理員的挑剔，站出來幫著彩鳳說話：

「難道你不知道，她代表公司參加『時代歌后』選拔嗎？她參加比賽，才向朋友借禮服來穿。」

「叫什麼名字？」

「劉彩鳳。」

其他順利通過檢查的店員都飛也似地跑出了公司。彩鳳和雅容看著她們離去的背影眞羨慕，愈發引得一肚子氣。

誰想過要偷公司的貨品！天天進進出出都要通過檢查，把我們看得多低下！平常主管查貨嚴格，每個月底要盤點，少一樣都交不了差，有一點缺損就要賠償，還監督得不夠嗎？

一天站下來都快累死人了！這個時候還挑剔，不放人家早些回家休息。唉，我們若能多得幾分鐘休息就是萬幸！

管理員尖銳、冷漠的眼光看了看彩鳳和她的衣服，半晌，才揮揮手，放她們走。

外面黑黑的。這帶鬧區上的各家店鋪多已打烊，世間顯得沉寂。彩鳳和雅容並肩走，走過一條街，再折入另條，穿行出去，往鬧區外緣的住宅區走。雅容歎氣說：

「唉，每天一早上班，來的時候，街上還靜悄悄的。在店裏站了一整天，一分鐘也不能往外走、往外看，外面是晴天、是雨天都不知道，太陽是什麼模樣也快忘了。等下班時，已經這麼晚，人家忙的、熱鬧的都過去了。」

兩人脚步急快，趕著回到住處排隊洗澡，回去晚了，其他在別處上班的室友也回來了，等洗澡的隊伍就排得好長。

「雅容——」

彩鳳歪垂著頭，悶悶地說：

「我好煩！眞不想再參加這個歌唱比賽。」

「又怎麼啦？看妳，從公司推薦，到報名，到預賽，妳就是這樣一下要參加，一下又不參加。今天又碰到什麼事？」

「唉，參加歌唱比賽的唱歌，和平常的唱歌不一樣。平常自己唱，高高興興的。歌唱比賽眞複雜，眞麻煩。妳說，像章副總這樣的人，我要不要應酬他？只要他多分派幾個專櫃，請他們把顧客的發票兌成的選票用來支持我，我的票數就愈多。以前章副總幾次要約我出去，我都不睬他，現在呢，好像陪他吃飯、聊天、坐咖啡館都是理所當然。他今天還半開玩笑地說，如果我入選了，獎金要給他三分之一。我可不敢當他在說玩笑話，當然滿口答應。眞噁心！我是公司推薦的，代表公司參加比賽，他是本公司職員，當然應該盡義務幫我拉票，怎麼反而藉這機會佔我便宜呢？家裏的事也令人煩心。今天我姐姐又來告訴我，我爸爸媽媽受盡我兄嫂的氣，他們想要爸爸媽媽搬去舅舅家住；這不是在趕走老人家嗎？我哥哥眞是自私！可惡！」

「妳找機會跟妳哥哥好好談談，家裏總是不平靜，大家都難過。」

「沒辦法！我哥哥已經無藥可救，一點道德、良心都沒有！爸媽以前栽培他唸大學都是白費心神。唸了書只考慮維護個人的自由，婚姻生活不要受干擾，眞是自私。」

「章副總那人好色，妳得小心他。以前他纏『蕾娜』化妝品的一位美容師，惹得他太太來公司大鬧。」

「他要我今天下班後跟他走。我推掉了。我好怕他！又煩他！又討厭他！」

「妳要不要把這事告訴總經理？」

「我不敢。萬一歌唱比賽不能入選，拿不到獎金，我還要靠站櫃枱的薪水過活呢。得罪了姓章的，對我可沒好處。」

雅容苦笑說：

「還好我沒生得好姿色，不然可沒有這麼清靜的日子過。」

「雅容，妳怎麼這樣說呢？我覺得妳才美，有深深吸引人的氣質。」

「男人可不覺得我這樣姿色平平有什麼美。但，這卻是我的福氣。我看妳們長得漂亮的女孩，可不是福氣，因爲長得漂亮，招來男人們的糾纏、壓力，他們總想沾妳一沾，想佔便宜。」

「我眞是煩這一點！好多男人，見我第一面，就說我漂亮，要約我出去，歪纏著，像蒼蠅一樣令人討厭！那個在電影公司做事的小龍，他就是這樣。本來公司請他來，幫我照相參加比賽用，他單獨跟我在一起時，就想對我毛手毛腳。還說要幫我拍半裸的照片，要我把上衣脫掉。他說，照這樣的相片，可以推薦給他們老闆，找機會拍電影，讓我當女主角。」

「我看妳眞是危機四伏。這些人都利用妳參加歌唱比賽，打歪主意。」

「明天中午要跟賴老闆吃飯。這人我也很討厭！他已經約了我好幾次，我推卻得好吃力。明天是非去不可。因爲他在總經理面前開票買了一部彩色電視機，兌換的選票全部送給我。我怎麼能在總經理面前拒絕他請客吃飯呢？再說，總經理還好意讓我明天白天不用上班，晚上再去公司參加比賽的活動。」

「明天總經理要不要和你們一道吃飯？」

「不知道。賴老闆只說，中午來接我。」

她們折進幽黑、窄窄的小巷。走進一家庭院，爬上房宇側邊的小梯。二樓還是房東所用，寬敞的餐廳，以及隔成兩間臥室。三樓中間是一條小走道，走道兩邊用甘蔗板隔成一間間簡陋的小室。下班的少女換了家居服，忙著排隊等候洗澡。洗過澡的忙著把衣服拿到陽台上的水池洗滌，晾在竹竿上。彩鳳和雅容爬上四樓。她們走過第一間門前時，裏面的少女對她倆大叫：

「嗨！來吃油飯喔！」

兩人立足往裏探頭。程瑛指著阿瑞道：

「阿瑞她嫂嫂生孩子滿月，她哥哥今天提了一大鍋油飯來請客。好多人都吃了，妳們快來吃。很好吃喔！」

「正好，我肚子餓得要命！公司裏的伙食眞糟糕！」

雅容和彩鳳爬上榻榻米，拿起鍋裏的匙子，一口口地吃。雅容又說：

「下個月我不要吃公司的伙食，拿錢還好，雖然也吃不到好東西，總比幾百塊丟到伙食團就等著吃這樣湯湯水水沒營養還多一些希望。每次才坐上桌，伙伕送來菜，沒一會兒功夫，菜就給搶光了，連想拿菜汁拌飯都不容易！」

彩鳳拍程瑛的肩膀：

「嗨，妳跟阿瑞住眞好，只要她哥哥、她媽媽來，妳第一個有東西吃！」

雅容看著程瑛說：

「妳也比我們幸運，妳賺錢自己用，不像我們，還要小心省下錢來寄回家。這之間差別很大呢！」

彩鳳邊吃著油飯，望了一眼牆上一扇小窗，說：

「還是妳們這間房間好，有扇窗子，又是只有兩個人住，舒服多了。我們那間，四個人住，又沒有窗，好擠、好悶啊！」

程瑛問雅容：

「妳不是還有鈎外銷圍巾來貼補嗎？還是那麼苦嗎？」

「鈎圍巾賺不了幾個錢，鈎了半天，一條圍巾才得十七塊工錢，眞是廉價！看看我們公司賣的差不多式樣，普通的都要兩、三百元；何止工錢只有十七塊呢？再說這種式樣又複雜，很不好鈎呢。我也沒有多少時間可鈎，下班回來都快累死了，整個白天都上班，上班時間又不能鈎。」

「還是當歌星好，妳們看，白××賺了那麼多錢！」

阿瑞笑道，又問彩鳳：

「妳比賽的情況怎麼樣？現在的票是佔第幾位？」

「我現在的票，不前也不後。現在是看不出來的。聽說有些人把票留起來，要到最後才亮出來。有幾個外面來參加比賽的小姐很厲害，聽說，還有肯跟人家睡覺的。」

「眞可怕！嚇死人了！」

少女們睜大了眼，尖叫起來！程瑛一本正經地問彩鳳：

「如果堅持不找門路，妳認爲可不可能入選？」

「找門路怎麼區別呢？我再堅強、再堅持，已經是背了好幾個人情的壓力，非應酬不可。我眞想放棄。」

「放棄了也可惜，說不定這是個機會讓妳往後過好日子呢。現在那些紅歌星，也沒有哪個一出來唱就唱紅的，魏××不總是說，白××最早還是他的小跟班嗎？崔××剛到電視台唱歌時，也是羞答答的，動都不敢動一下。她們哪一個不都是從最底下爬起來的？」

談到名歌星，少女們興致盎然，一個接一個說：

「我哥哥做生意，常和客戶到夜總會應酬。他說，歐陽××剛出來唱時，在中央酒店駐唱，樣子傻傻的，穿著娃娃裝蓬蓬的裙子，以後變得放蕩放蕩的樣子，好像不太正常，正在這時候，給日本人挖掘，帶到日本去訓練，把她創造成一個與衆不同的模式。她現在表演的樣子眞野，野得迷人！」

「什麼野，還迷人！那些動作、表情都是天天在家裏對著鏡子練出來的！」

「彩鳳，妳快學幾個花招上台表演！」

「學什麼嘛！」

「學白××呀！學崔××呀！學歐陽××呀！她們現在是最紅的歌星，學她們總沒錯，不然爲什麼有那麼多人要看她們表演？」

彩鳳擱下了匙子，從皮包裏拿出手帕揩嘴。她於是站在榻榻米中間，一邊唱著流行歌，一邊扭扭屁股、擺擺肩，一雙手在自己的身上摸來撫去，還忙著掠頭髮。大家看得嘻嘻哈哈笑成一團。彩鳳玩笑夠了，就盤腿坐著休息。

雅容漠然地說：

「妳們這些傻孩子，妳們不知道嗎？那些歌星的動作是在向男人挑情的。那些『嗯嗯啊啊』的聲音可不是什麼好聲音，有人說是做那種事發出來的聲音。大家看多了，聽多了，都麻木不仁了。」

說得彩鳳剛才頑皮、活潑的心情沒有了，情緒又落得低低的，那些隱藏著的煩惱就一一湧現。

雅容打著哈欠，與彩鳳一起謝過了阿瑞，相偕離去，走向她們的房間。

這間小室眞是悶熱！空氣濁滯。彩鳳換了家居服，忍不住跑到陽台上去納涼，一邊等著浴室空了洗澡。外面黑壓壓的世界，高低不齊的建築物的輪廓在黑暗中隱現。在對面的那幢大樓，從幾扇開敞的窗，由於裏面亮著柔弱的燈光，依稀可見屋內的裝潢、擺飾。客廳、餐廳大大的，空無一人。

那兒多舒服啊！他們不止住得舒服，在其他方面也都有極好的享受。

她就有一種衝動，想要改變生活的環境，想和那些過舒服日子的人們一樣過著好日子。也許，這次歌唱比賽就是一個改變的機會吧。那幽幽的希望，希望當上歌后的念頭，就從心底升起，一直上升。她忍不住幻想著，當上歌后加冕時的熱鬧景觀，她就成了多少人注目的焦點！以後可以挾帶著歌后的頭銜，在電視台演唱，到夜總會駐唱，自然也就有機會出國演唱，到各處去旅行遊玩。到那時，不僅她個人生活富裕，也可以照顧到爸爸媽媽。她要把爸媽從兄嫂家接出來，再不讓爸媽受兄嫂的氣！由她來供養爸媽，對爸媽好，回報爸媽多年來撫育她的辛勞和愛心。

一想到，若是當上歌后有這麼多好處，可以脫離長久來窮苦的生活，她就覺得，爲了競選而承受到人情的壓力，只是一個小問題。爲什麼要堅持個人的自尊，而抗拒那些或可幫助她當選歌后的人們呢？爲了要往上爬，爲了要擺脫原有的生活，她應該善於把握目前有利的條件。那麼，對於明天要同吃午飯的賴老闆，也該改變態度對待他。管他是臭銅錢味！管他一臉色迷迷的樣子！最好他個人資助她，還發動一些有錢有勢的朋友來資助她。

但是要怎麼博得他歡心，願意做這些呢？要有所付出吧？

想到這一層，她又覺得噁心、難堪、懼怕了。賴老闆好像是魔鬼、罪惡、醜陋的化身，張牙舞爪地從黑暗中朝她擊來。她陷入極端的痛苦裏。

二

彩鳳穿過幽黑的走道，下了樓梯。長久待在房間裏，悶濁的空氣，使得她整個人昏沉沉的。屋外已是明亮的日午。她薄施脂粉，臉容顯得秀麗。她一眼看見賴老闆坐在他的轎車裏。賴老闆面龐修得乾乾淨淨，頭髮梳理得油油光光的，穿著紫紅色的上衣，打了條華麗的領帶，帶著一點尷尬神色望著彩鳳，他的笑容裏不免流露著貪婪和狡黠。面對著這樣不自然的人，彩鳳心中有說不出的彆扭。

賴老闆殷勤地爲彩鳳開門。彩鳳彎身踏進轎車。頓時覺得自己好像走入一個完全陌生的境地，這轎車、這有錢的老闆都不是她所熟悉的生活圈裏的人和物。她坐在賴老闆身旁的位置。賴老闆發動了車。

「妳喜歡去哪裏？」

「我哪裏都不熟。」

「妳想吃中餐，還是西餐，還是日本料理？」

「都好。」

「我帶妳去一個清靜的地方吃日本料理。」

車子在鬧街上急駛。彩鳳感覺到坐轎車的舒服。心想，她和雅容、和室友們爲了省兩塊五毛錢，巴士都捨不得搭，每天趕時間上班，下班後還拖著疲憊的身子走回住所。而她現在卻是舒舒服服地坐在轎車裏。眞是差別好大。

賴老闆將車開往中山北路。折進一條巷子。這一帶林立著賓館、飯店、旅社的招牌，彩鳳看得全身肌肉緊張。疑慮著：莫非這人要帶她上旅館？如是這樣，該怎麼辦？逃跑？她這時有如落入虎口般恐懼。

車停了，賴老闆果然引彩鳳往「皇宮飯店」走去。方彩鳳只覺得頭暈目眩，正要鼓足勇氣逃跑時，偶然瞥見飯店門口右側邊掛了個小招牌，上寫著：日本料理。賴老闆朝它走去。彩鳳這才大大舒了一口氣，不免爲剛才自己的緊張覺得好笑。剛才如果早一步拔腿跑，現在不是出盡洋相嗎？

料理店小小的，呈窄長型。一邊是料理台，另邊是一張張座位。靠門邊的牆角還布置了一個小噴水池。來客都是西裝革履。店裏整理得一塵不染。料理台上的餐點在廚師手中，像珠寶首飾似地寶貝，都是小盤小盤、小巧小巧的。賴老闆引彩鳳往裏走，找了張座位坐下。侍者拿菜單走來。賴老闆問彩鳳喜歡吃什麼？彩鳳毫不知道日本料理的菜名，又想到自己最愛吃的是蝦子、蚌蛤，問道：

「有沒有蝦子？」

蚌蛤，她就不好意思再說。

道：

賴老闆與侍者說著日語，點了好幾道菜。侍者問賴老闆要不要喝酒？彩鳳在心裏叫

別喝酒！別喝酒！待會兒藉著酒性找我麻煩可糟了。

賴老闆卻開心地向侍者點了日本名酒，他對彩鳳說：

「妳也喝一點。很名貴的日本酒呢。」

「我不會喝酒。」

「喝一點不要緊。」

「我喝酒會胃痛。」

「那麼，妳喝飲料。」

賴老闆於是爲彩鳳點了可樂。

在等菜來的時候，賴老闆一邊拿手巾擦手，一邊貪婪望著彩鳳的臉蛋，說：

「劉小姐有沒有要好的男朋友呀？告訴我，不要緊。」

彩鳳搖搖頭，厭惡賴老闆露骨的目光，她隨即低下頭。腦際閃過公司送貨的那位姓蕭的……

她多麼希望蕭願和她單獨相處，談談話，出去玩，但是蕭好像從來都不注意她。相反地，最近幾天，她穿著袒胸露背的禮服參加歌唱初賽，幾次和蕭迎面而過，蕭的表情更冷漠，眉頭還皺在一起……

賴老闆湊近彩鳳，對她低聲說：

「當了小姐，一定要交男朋友，而且要有很親密的男朋友，才可以調和生理。」

彩鳳忿忿想：這人衣冠楚楚，說話卻無聊！

侍者送來酒菜。賴老闆招呼彩鳳吃菜，他自顧地喝起酒來。酒杯小小的，他一口喝一杯，然後滿意地用舌舔唇，笑道：

「今天眞難得和小姐單獨吃飯。我每天白天忙生意、忙應酬，一點屬於個人的時間都沒有，晚上我又被兩個『內政部長』管得死死的！」

他說著，聳聳肩，哈哈大笑。

「你有兩個太太？」

「是啊，這是公開的兩個。」

「沒有公開的，還有好多是不是？」

賴老闆嘿嘿笑。

「那些只是逢場作戲，只是女朋友。妳呢，妳願意和我保持什麼關係？是做我的女朋友，還是……」

「賴老闆，你說到哪裏去了？」

彩鳳生氣地說。賴老闆卻緊接道：

「我想討三姨太，好好愛護她。做我的三姨太可享有許多好處，比如，我會爲她投保我的人壽保險，我出了意外，她可以領到一大筆保險金，我會買幢洋房讓她住，我有時候過去陪陪她。我還會給她一大筆錢，讓她去國外旅行……」

賴老闆伸長脖子，頭湊近彩鳳面頰，色迷迷地壓低聲音問她：

「妳要不要做我的三姨太？」

正好侍者端菜來。彩鳳不答話，只是忙著把菜挾到自己面前的小碟子，一一地吃。這大明蝦，她眞難得吃到。這種明蝦是很貴的，吃它一隻的花費，足抵她平時好幾天的飯錢。今天賴老闆請客，點的菜，式樣多，都很珍貴。正好是小盤小盤的，令彩鳳飽嚐口福。平時她吃飯，一頓要吃兩碗。有時候，肚子太餓，還可吃三碗。實在是因肉食不夠，青菜下飯，更是幫助消化。今天的日本料理也有飯，可是是小團小團地用紫菜包著、小油豆腐皮包著。她和賴老闆各吃了幾個小團。和平時彩鳳大碗吃飯可是大不相同。

雖然都是點心般的菜，式樣多，也使彩鳳吃得飽飽的。餐用畢，賴老闆付帳，兩人竟吃掉了一千多塊，差不多是彩鳳當店員半個月的薪水！驚得彩鳳目瞪口呆。賴老闆從口袋裏拿出一大疊鈔票，抽出一小部分，數了數交給侍者。彩鳳忽而想到，若是給這人當姨太太，眞是不愁衣食，多悠哉！回想自己從十二歲開始當店員，七、八年來，每到冬天，天氣冷，又常餓肚子，胃痛的宿疾就發。撐著胃痛站櫃枱，撐著胃痛在寒風刺骨中，上下班，眞苦啊！有幾次家人送了滷菜來，她竟然找不到地方可坐下來安心吃。餐廳在八樓，要走樓梯上去，電梯留給顧客和管理級人員搭。沒有餐券不能走入餐廳。百貨店的餐廳是只爲付錢的人服務，而她是連五塊錢買碗魚丸湯都付不出來的人，也就不用想坐位子。她只得偷偷蹲在貨品櫃枱的角落，偷偷、迅速地吃，從櫃枱縫間看見管理員走來，她連忙不吃了，用手背揩嘴，立刻站好。公司規定在櫃枱不能吃東西。又規定不能擅自離開櫃枱。但是在肚子餓、是用餐的時候，她們不能吃，該等到什麼時候吃呢？後來，她就在百貨店裏尋找，找到樓梯底下，一個小小的儲藏室，她得彎身走進去。低低窄小的儲藏室，像個老鼠窩，裏面已躲著幾位偷閒的店員。

如果當有錢人的姨太太，日子過得多舒服……

彩鳳迅速掃過賴老闆一眼。

當人家姨太太就要陪他睡覺，讓他親嘴，讓他亂摸……

眞噁心，這樣腐朽的人！

賴老闆一邊用牙籤挑剔著牙縫，一邊歪過頭來，色迷迷地看著彩鳳說：

「妳累不累？要不要到樓上洗個澡，找人按摩？」

彩鳳一陣驚嚇，胃裏抽筋，一肚子的菜翻翻擾擾的，差點嘔吐出來。這時她才眼明、頭腦清醒，了解到自己原先的緊張、敏感並不是沒有來由，和這種人在一起，終會碰上齷齪的事。她機靈地編了個藉口：

「待會兒要陪我姐姐去醫院看病。」

曾經還打他主意，希望他和他的朋友幫忙她選票的事，她是沒有興趣，也不敢提出了。

賴老闆從口袋掏出那疊鈔票，抽下大半，要塞給彩鳳，他還說：

「姐姐生的什麼病？看病要花錢的。」

彩鳳只是推卻。雖然見著這麼厚厚一疊的鈔票，直覺到「它很有用」，她兩個月站櫃枱的薪水合起來，都沒有這樣多。但是，她明晰地想著，這種錢不能收，收了，她就陷入泥沼裏了。賴老闆也覺得在公衆場合這樣拿著錢推來推去不好，只得再放進他的褲口袋裏。

他們走出餐廳坐上車。賴老闆說：

「妳要陪姐姐去醫院，我現在就送妳回去。改天我再來看妳。」

車子駛回彩鳳的住所。彩鳳下車時，賴老闆硬是將錢塞進她的皮包，然後拉上門。彩鳳站在路邊，心情異常複雜。有了這錢，她可以購買一些計畫已久的日用品。但是以後的日子更不單純、不得清靜了。

賴老闆無限柔情地向彩鳳道別。然後發動車子。彩鳳漠楞楞望著那樣光簇、華貴的車身，看它馳去。

三

時代大廈的地下樓和一、二、三樓是時代百貨公司。四樓是浙菜館。五樓是粵菜館。六樓、七樓是保齡球館。八、九、十樓依次是兒童電動遊樂場所、歌廳、花園蒙古烤肉。舉凡現代人的消費項目，都一網打盡，在這兒供應。

靠大門兩邊的窗櫥上貼了衆多女子豔麗奪目的放大相片。左邊的大窗櫥裏貼的是在九樓歌廳駐唱的歌星們的相片，一個個珠光寶氣，有名的、沒有名的全上了榜。右邊的窗櫥裏就是「明日之星」··時代歌后選拔的活動相片，由時代百貨店主辦，參加者有經各廠商推薦，也有社會青年報名參加。窗櫥裏正前方，紅絨布台上，安置著亮光閃閃的后冠和錦披、權杖。海報上列舉著歌后、公主可獲得獎金的數額。顧客和往來的行人，不免被這些花花綠綠的窗櫥所吸引，駐足觀望。

百貨店裏，在一般的作業員中出現著熱心的助選者和競選者，向顧客拉票。忙忙亂亂的選歌后活動，吸引了不少好奇的民衆前來看熱鬧，自然也增加了購物率。競選者打扮得如電影明星一般花枝招展，親自出馬，面露笑容，熱切地向顧客介紹投票辦法。顧客與她們站得這樣近，不免爲她們舞台式的濃妝顯得不滿，有些顧客則是歪著頭，皺著眉與她們擦身而過。

當競選者和助選人一看見顧客正在付鈔買東西，就搶著跑過去爭取選票。很殷勤地幫顧客提物品，引他們到服務台將發票兌成選票，又幫他們參加幸運抽獎，告訴他們憑抽獎券還可去食品部換取麵包。或是，當她們看見從地下樓走上來的人們，手中提著大包、小包從超級市場買來的物品，那購物劵還夾在指縫間，她們就儘快跑上前，與之搭訕。有些顧客是很厭煩這種事，帶著憎厭的神色匆匆走開。或是憎厭地把發票丟給她們，或是睬也不睬她們，仍握著發票走開。有一些顧客顯得是好好先生、好好夫人，雖然口中說著：

「我不知道妳所支持的是哪一位？我一點也不了解，連面都沒看過……」

但卻將發票交給助選者，任之處理。

在一個角落，競選者爲爭取選票在吵架，鬧得臉紅脖子粗，互相謾罵，說對方唱歌像家裏死了人、像豬叫。

「哼！五音不全還想當歌后！」

她們濃妝的臉，因生氣而顯得更難看。她們捏緊拳頭，好像眞想出手好好打一架才能洩氣。

助選者之間也在鬧脾氣。幾個大人助選者指著一對小孩助選者在罵：

「小鬼！不回家好好做功課，跑出來搞什麼助選？你們這哪裏是助選，簡直是賴皮！牛皮糖樣黏著人不放！眞討厭！客人都被你們嚇跑了！」

這對小兄妹，當顧客把數額不大的發票送給他們，他們集夠了，就跑到食品部去換麵包吃。吃麵包時，暫時不去與人爭選票，也不去纏顧客，只是站在牆角，開懷地享受麵包的滋味，他們也像別的助選人一樣，手上時時拿著一支原子筆，準備著在選票上塡支持者的號碼。又在手腕間掛了個小袋子，裏面放著他們隨身帶的東西。兩個小傢伙，面無表情，倒像是小乞食者、小流浪漢。

二樓是女裝部和化妝品部。彩鳳本屬時代百貨店的店員，因爲長得明豔，公司派她在化妝品專櫃幫忙美容師開發票、整理窗橱、包裏物品。在參加比賽期間，她的工作由同事代勞。這時，她正坐在櫃枱裏面的化妝椅上，讓美容師幫她化妝。眼睛塗得又黑又大，臉上紅一塊、白一塊地，像戴了面具。她穿著露背裝禮服，露出豐潤的肌膚。化妝好了，美容師拿起給顧客試用的香水，在她身上噴。彩鳳做深呼吸。女友們爲她打氣：

「別緊張，妳平常唱得蠻好的，一定會當選。」

一位美容師很懇切地對彩鳳說：

「彩鳳，明天我公休，我們一早去仙公廟拜拜，請菩薩保佑妳當選。好嗎？」

「好啊。我要許願，如果我當選了，我要捐香火錢給廟裏。」

這時，一位店員匆匆跑來，對彩鳳低聲、急促地說：

「我們專櫃正有一位小姐在買衣服。是套裝，一千多塊。妳快過去拉票。」

「謝謝妳！」

彩鳳手提著禮服裙角，匆匆地與報訊的店員走向她們專櫃。那位小姐已付錢，店員正在爲她將衣服包裝起來。

彩鳳走到女客身旁，笑容可掬地對她說：

「我是劉彩鳳，參加這次本公司主辦『時代歌后』選拔，我是十七號，請妳支持我，好嗎？」

女客對這突來的一番自我介紹感到微微的詫愕。彩鳳又匆促地說：

「妳的發票可以兌換選票，還可以參加幸運抽獎，這樣吧，我陪妳去一樓服務台，我幫妳抽獎、換選票。」

彩鳳於是引女客下樓。女客亦爲彩鳳的服務所感動，盛情難卻，自然讓彩鳳在選票上寫下她的競選號碼，然後投進票箱。

彩鳳向女客匆匆道謝後，就往二樓走。一路上還仔細看著每一位往來的顧客，手指間有沒有拎著發票？她在搭上升的電梯時，看見那位送貨員蕭扛著箱子，站在旁邊往下降的電梯上。這一眼，她看到那張熟悉的、令她心儀，堅毅、樸實的容顏。他冷漠，無意與她打招呼。她即黯然低下了頭，與他相錯而過。她上升到二樓，一橫心，再也不眷戀，也不回望那遠去的身影。

彩鳳與女友們忙著拉票。到了比賽活動開始的時間，她匆匆走上三樓。留著女友們仍在自己的崗位上站櫃枱，販賣商品。

三樓是賣唱片、文具、衣料，在一邊，臨時間隔了個會場。店員們總忍不住偷偷向會場看去，但看到把門的管理員，只得縮回頭，繼續照顧生意。

會場門口張貼了海報。爲了做號召，主辦單位特請名歌星輪流來演唱。會場裏，前方有個小舞台，有一支小型的樂隊。舞台下排了一列列木椅，供持有選票的顧客坐著觀賞。歌星爲了趕場，匆匆唱了歌就走了。彩鳳坐在觀衆席的最前排，一邊看著人家表演，一邊默默地複習著歌詞。有一位年輕、粗壯體格的男子走來坐在她身邊。他拿出張名片遞給彩鳳，極客氣地說：

「劉小姐，我是『多麗』餐廳的負責人，敝姓蔡。」

彩鳳驚訝地看這人，這人年輕的臉上，一臉精明的神色。

「我來看了幾次，覺得劉小姐您唱得最好。希望我有榮幸能在歌唱比賽過後，邀請劉小姐到敝人的餐廳駐唱。」

這麼快就有人來與她接觸，邀請她駐唱，彩鳳又驚又喜。但想到一個問題，不禁吶吶地說：

「如果我沒有當選上歌后呢？」

「有沒有當選都不要緊，我慧眼識英雄，劉小姐確是一塊寶玉，不要多久就會唱紅，就會出名的。再說，競選這回事，是很複雜的，並不是唱得好就會當選……」

蔡先生滔滔不絕地說，彩鳳打斷他的話：

「快輪到我唱了。」

「我等妳唱完，我帶妳去我的餐廳玩。」

「唱完了，我還要站櫃枱呢。」

「妳幾點下班？」

「十點。」

「好，我等妳下班。我的餐廳營業到十二點，不過十二點過後，我們把大門關起來，還繼續營業。妳可以多玩一下。」

彩鳳應允，匆匆準備著要上台演唱。

四

雖然已夜深了。但在鬧區的一些角落裏，卻似才開始它晚間的熱鬧高潮。男男女女流連在歡樂場所周圍。

多麗餐廳精緻的招牌懸掛在地下樓的出口上。副題寫著：

鋼琴演奏，旋律優雅

名貴美酒，歐美大餐
招待親切，賓至如歸

幾個滿臉風霜的中年男子懶懶地站在餐廳門口把門。蔡先生引彩鳳走下鋪了厚地毯的樓梯，一路上，他忙著與把門者、與上下的來客打招呼。

玻璃門裏站著兩位穿長禮服的領枱小姐。室裏低矮、寬敞，裝潢得燦麗繁雜。酒吧枱裏，男女調酒員正忙著調配飲料，一盤盤的餐點從裏邊的厨房端出來。廳中央的小舞台上，樂師彈著鋼琴，女歌星輕握著麥克風正演唱著流行歌曲，音色平平，姿態卻撩人。一桌桌的賓客，有的喧鬧，有的呆呆坐著。在靠牆角落的座位，坐了幾堆濃豔妝著的少女，有的在靜靜的吸煙，有的在聊天、玩樸克牌。領班不時走來拉起少女，走去招待賓客。蔡先生引彩鳳坐到鋼琴旁邊的一張小枱子。

「怎麼樣，不錯吧。我的餐廳生意天天都很好！妳到我這裏來上班，包準妳賺大錢。」

彩鳳環視廳裏，覺得心情惶亂。她試圖從歌星的神色、舉止看出她們的生活眞相，似乎她們並不快樂，神色裏有一股無奈和凋萎，缺少年輕人應有的生動活力。

蔡先生要女侍爲彩鳳送來一杯飲料和小點心。蔡先生向彩鳳介紹他這兒的營業情形：

「我雇了十多位歌星，有的唱西洋歌，有的唱國語歌。我的歌星收入都很好，經常有客人請她們喝『大酒』，賺大酒錢是她們的外快，很大的數目呢！她們除了拿薪水，還可以賺大酒錢，客人若要約她們出去玩，還可以賺出場費、小費。大酒錢，我是看客人的條件而變通開價。大酒至少一百塊一杯，也有兩百、兩百五一杯。不管多少錢一杯，都是餐廳與小姐對分。出場費也一樣。至少是一千塊，也有兩千，還有七千、八千的。我們這兒常有很高級的觀光客來——日本人、美國人、歐洲人。有幾家旅行社、飯店跟我們合作，介紹客人來。我們這裏好幾位小姐交到很有錢的觀光客男朋友，收入很好呢！妳若是來上班，我會好好照顧妳。」

認識外國人？多彆扭啊！語言不通，怎麼做朋友？

彩鳳疑惑地想。

「妳願不願意來上班？妳如果有意思要來上班，我們就談談細節問題。」

「上班是幾點到幾點？」

「七點到打烊。客人什麼時候走光，就下班。」

「也許，我會來。」

「不要說『也許』，說確定的。我給歌星的報酬是很高的，從來沒有唱過的，我這裏就付她五千塊。以後再慢慢加。我剛才說了，我們這兒的歌星，除了拿薪水，還有大酒錢的外快，只是陪客人坐坐、聊聊天，很好賺的。普通的歌星，一個月賺一、兩萬是很容易的。我的領班，那位方小姐——」

他指著一位正彎身、手搭在男客肩上，面挨著男客的面，嬌嗲嗲地在說話的美豔女郎：

「她很會幫小姐討大酒。客人到了我們這裏都逃不掉！」

蔡先生笑嘻嘻地說。

五千塊的月薪，還有外快，確是很誘人。只要唱歌，打扮打扮，比起當店員，工作是輕鬆太多了。有了這個收入，就可以把爸媽接來住。不要讓爸媽受兄嫂的氣，好好過日子。彩鳳記起，上次回家看爸媽，爸爸畏畏縮縮的，像小孩受了驚似地，以前坐辦公室開朗的神采都沒有了，現在要看兒子、媳婦的面色討生活。眞是可悲！媽媽是愈來愈沉默，肚子裏滿塞著委屈。

眞是不像話！兩個老人過這樣低聲下氣的日子！現在是一個機會，改善老人的境遇。自己也是很不情願再當店員，再吃苦。

再說，這只是個起步，以後歌藝愈進步，還可往更高級的地方跳槽。

還是當歌星好。才不要做人家的姨太太，受制於人。等唱紅了，有了名，像賴老闆這樣有錢、有事業的，隨便一抓就是一把！看看時下正紅的歌星，不是成天被有錢人追，被人捧！出國旅行、會情人，搭飛機比一般人搭計程車還方便。

再環視廳裏享樂的熱鬧景觀，彩鳳心緒浮動了，幻想著未來，似乎已看到燦麗、富裕、榮華的景致。回顧那麼多年來，被生活壓得低低的，卻顯得多麼悲悽可憐。

怎麼有這樣懸殊的差別呢？有的人拚命勞累，掙得幾個錢，肚子還塡不飽。有的人卻大把大把鈔票要塞給他屬意的人，唯恐對方不收下。有些地方賺錢又那麼容易，好像遍地都是鈔票等著妳去撿。

有區別嗎？是不是道德標準的區別？

但是那辛勞的尊嚴在哪裏呢？被誰尊重呢？誰在乎妳累、妳肚子餓？

這兒不道德？但是多少人往這裏跑，多少人從這裏爬上往高處的階梯，這些人不都是過得好好的、過得舒舒服服！

我要當歌星。我不要再當店員。

彩鳳主意打定，當下就答應了蔡先生，歌唱比賽過後就來上班。

五

雅容幫著彩鳳，一人抱著一大袋糖果，每個專櫃分送，不住地謝謝她們幫忙競選。有些店員很誠心地向彩鳳道賀，賀她當選公主之一，替她高興好像是她自己的事。有些店員靜靜的神色裏流露著相當的羨慕，彷佛經過這一次選拔，彩鳳就比她們高出了一等，比她們傑出。一些人在知道彩鳳此後要辭職離開公司，到多麗餐廳駐唱，都依依不捨，拉著彩鳳話敍不休。現在，百貨店裏好幾家專櫃的儲櫃一角都放著歌本，不時地，三三兩兩的店員手挽著手跑到唱片部去買唱片，買了唱片，懷抱在胸前，那樣珍視它。

女友們一邊吃著糖果，一邊拉著彩鳳與她談天。沒有加入談話的，權充守門人看有沒有管理員來查勤。當看到遠處走來管理員，就慌忙報消息，大家就回到自己的崗位站好。等管理員走開了，她們又湊在一堆聊天。不住地反覆談著這次的選拔活動。

「三十五號怎麼會當選呢？眞奇怪！她擁有幾家專櫃支持呢？看她好像沒有拉到多少店裏的選票，怎麼會後來冒出那麼多票來？」

「一定是有特別的人在支持她，幫她買票！」

「是啊，助選人都很詫異！大家成天忙著盯顧客的發票，每個人的票數有多少都知道個大概。」

「頒獎的時候好絕！前頭給她戴后冠，幾分鐘後到了後台，主辦人員就把后冠、披風、手杖都拿回去了。三十五號還對我們發牢騷，怎麼不讓她把后冠帶回家做紀念品，這樣的只把后冠在人家頭上放一放簡直是在哄小孩玩嘛！把我們笑死了！」

彩鳳說笑著，大家都跟著咯咯笑。

「章副總以前說過，要我拿了獎金分給他三分之一。他剛才眞是跟我要錢呢！我才不給他！以後我又不要在這裏上班，才不怕他！三分之一的錢我要送給廟裏，才不要送給他！」

「章副總眞差勁！丟臉死了！」

「彩鳳，妳眞幸運，以後不用站櫃枱了。可憐我們都是苦命人，還得天天站櫃枱，不知道要站到哪一天？」

「唉，也別羨慕我，多麗餐廳內情到底怎樣，還不知道。搞不好，說不定我還要回來上班。」

「彩鳳，別把老朋友忘了，要常來看我們喔！」

「一定的。我怎麼會忘記這些朋友，大家相處得這麼好！」

說著，說著，彩鳳眼眶紅了。幾個女友也神色黯然。一位年紀最小的店員偷偷塞了張紙條到彩鳳手中，她眼中閃著淚光，悄聲對彩鳳說：「回家再看。」

彩鳳點點頭。但在她走開時，她就偷偷展開紙條，上面寫道：

彩鳳姐：妳怎麼狠心離開我們而去？從今後，天涯海角，如何相見？珍重，珍重。

美珠敬上

滾滾熱淚滑過彩鳳的面顏。

熟悉的，下班時擴音機傳出電影「魂斷藍橋」主題曲，象徵一日工作的結束，也象徵著彩鳳店員生涯的結束。許多許多工作上的回憶在她眼前湧現，最依依不捨的，就是同事間的友愛相處，這是她多年都市生活唯一覺得眞實的，除此以外，生活顯得多麼空洞、乏味、盡是愁苦。

大家又在爭先恐後地排隊打卡。平日的好友這時都簇擁著彩鳳，有的緊握她的手，有的手搭在她的肩上。

她們以後還是日日地上班、打卡、下班、打卡，管理員緊盯著她們，日日、時時！整天在罰站嚒！

其實這些管理員也是可憐的，都是受雇於人，爲人做事。管理員不也是和她們一樣，整天在罰站嚒！

走出了店，彩鳳如同釋放了沉重的枷鎖，覺得異常輕鬆。回看這幢大廈，它如同一個陰森森的大牢房……

六

彩鳳打扮妥當，搭計程車去多麗餐廳，開始第一天的歌星生活。這時華燈初上。彩鳳壓抑著滿腔興奮和不安。

從今以後，好好唱歌、賺錢。

當拿到薪水，就在市區邊緣找個房子，接爸媽同住。傢俱慢慢添置，開始時，將就著用……

等生活上了軌道，白天找個補習學校，再去唸書……

彩鳳準七點到達餐廳。廳裏冷冷清清的，只有幾位來客。其他駐唱的小姐一個也沒到。蔡先生正坐在櫃枱裏面，一見了彩鳳，異常欣喜，遠遠叫道：

「妳來得正好！我正愁得要命！有一位很好的日本觀光客來了，要小姐過去！偏偏一個小姐都沒到，打電話去她們住的地方，也找不到人！妳來得正好！」

彩鳳疑惑著走到櫃枱旁。

為什麼一個日本觀光客引得蔡先生這般激動？難道是多麼了不得的財閥來了嗎？

蔡先生乾瞪著眼，努力壓低了聲音在彩鳳耳邊說話，他顯得很想花一番功夫解說什麼：

「這個日本人是好客人，常常到台灣來接洽業務。他以前每次來都給我們餐廳捧場。以前這裏有一位小姐跟他很熟，那小姐離開我們餐廳了，現在我要替他介紹一個新小姐，這是妳的好機會，妳好好招待他，不要讓我失望啊！這個日本人，我們要抓牢，他還介紹過他的朋友來給我們捧場，他們日本人如果覺得我們服務好，就會再來，再多介紹親戚朋友來。這個線絕對不能斷掉！」

彩鳳聽蔡先生這樣喋喋不休地說，被搞得糊里糊塗。

如何服務這日本人呢？我又不會講日語，就是要帶他逛街、去風景區，我也不能像啞巴一樣指指點點啊。

蔡先生匆促地說：

「我現在就帶妳去看他。」

「去哪裏？」

「他住在『大都會飯店』。」

去飯店看他？這人有怎樣的派頭啊！

彩鳳極不情願，說：

「我不想去。你告訴我，今天我唱歌的情形吧，我應該先和樂師們認識，談談搭配的細節。」

「唱歌的事不要急。再怎麼唱，也是幫助店裏的生意好。放在眼前的，就是讓店裏、讓妳賺錢的機會，這才要好好把握！我先帶妳去給日本人看看，等他看了，其他的事再談。妳現在是我的職員，要跟我密切合作。」

彩鳳被蔡先生教訓得低下了頭。心裏一陣痛，暗想：

在餐廳駐唱也不容易，也得看人臉色，聽人使喚。

蔡先生快步走在前帶路，彩鳳尾隨著。一路上，蔡先生再三叮嚀彩鳳要好好服侍日本人。

彩鳳想著，這時日本人大約正坐在飯店的客廳裏等著蔡先生帶他的舊相好吧。自己扮演這種角色眞難堪啊！

他們到了「大都會」飯店，走進大廳，彩鳳並不見有人坐在沙發椅上。只見蔡先生走到櫃枱，和男侍略略談話後，就引彩鳳走去搭電梯。彩鳳悶悶不樂地低著頭。回想，蔡先生到時代百貨店去邀她駐唱時，他多客氣，現在卻擺出老闆架子，指使她。好像，她成了他的掌中物。

電梯在十一樓停下。蔡先生帶路往走廊裏端直走。來到一房間門前。他敲敲門，過會兒，一位穿著日本式家居服的中年男子走來開門，他胖胖矮矮的，滿面橫肉，一雙小眼睛嵌在橫肉間，見著蔡先生，仍傲然地面無表情。蔡先生卻極盡諂媚、阿諛地連連向日本人鞠躬問好。留著彩鳳極難堪地倚著門邊站，不安地手搓著手。

蔡先生與日本人講日語，不時向彩鳳指指點點。日本人看了看彩鳳，看過一會兒，又看一會兒，把彩鳳從上打量到下，又從下打量到上，半天不說一句話。日本人這樣毫不禮貌地看彩鳳，把彩鳳氣得一肚子火，她眞想轉身走！忿忿想著：

蔡先生到底在搞什麼鬼！

但想到，蔡先生是她的老闆，她又不敢輕舉妄動。只得忍氣吞聲地還站在門口。她看到，日本人點點頭。蔡先生堆滿笑容，又一次連連向日本人鞠躬，就退出來。蔡先生命令式地在彩鳳耳邊低聲說：

「妳好好陪這位先生。今天晚上不用上班。妳留在這裏。」

「可是，我不會說日本話。」

彩鳳諾諾地說，突然害怕起來，很怕蔡先生，也怕日本人。

「妳不要顧慮太多！我已經跟日本人講好了！明天早上他會給妳兩千塊台幣，妳離開飯店前，把一千塊交給櫃枱的彭先生，算是給他的介紹費。另外一千塊，妳分一半給餐廳。妳若是有辦法跟日本人拿到小費；那就看妳的功夫夠不夠好！妳好好地做啊。」

到這時，彩鳳才搞淸楚了這是怎麼回事！她不能跟蔡先生爭辯，爭辯只有鬧成僵局。她心裏打定主意，讓蔡先生走，等蔡走了，她再開溜。想到這裏，不禁眼鼻發酸……

蔡走了。蔡把門帶上。彩鳳和日本人遙遙對峙站著。
日本人貪婪地看著彩鳳。
彩鳳冷冷地看著日本人。她眼前晃過一幀舊時的照片，人物明晰——

路邊的刑場
雙手被反綁，跪在地上的中國人民
被砍去頭顱，平平的頸面
日本軍閥手持彎彎、亮光光的武士刀
頭顱在武士刀邊，臨在空間
是怎樣痛苦、無言的臉顏啊，那臨空的頭顱上

——原載一九七七年十月《小說新潮》第二期

牆

小臥室裏很陰暗。主要的是，窗戶外開高高的圍牆擋住了日光。而在不遠外，還有橫的來、斜的去的公寓樓廈，把陽光都擋住了。婦人躺在床上，黯然的神容，流露著重重的憂慮和淒苦。她已經進入了暮年的年紀，稀疏、灰白的頭髮，使她那發福的臉龐顯得更爲寬濶、浮腫。一雙晦暗的眼睛，或由於哭多了，好像要瞎去的樣子。

她醒後，稍稍地思索，就起身來。受著寒氣，她順手拿起放在床頭櫃上的褐色棉襖穿上。摸著黑，穿過走道，到浴室裏梳洗。接著，趕忙到厨房做菜，炒了一鍋，用個小鋁鍋裝起來。她胖碩、粗糙的手，做起家事來卻是很靈巧。她把鋁鍋放進一只提袋裏，將它提到前廳，擱在一張茶几上。然後，走到兒子的房間。

房間有一扇大窗，比她的房間略爲明亮。空空的一張單人床，鋪了厚厚的被褥。枕頭、棉被、毛毯端端地置在床頭和床尾。她抱起毛毯，擁在懷裏。又拉開衣櫥，從衣服堆裏揀了幾件厚料子的上衣和長褲，把它們裝進一個紙袋。然後，她挨在書桌旁，彎身看桌上的書籍雜誌，挑了幾本，也放進紙袋裏。她把這堆衣物拿到前廳，和裝了菜肴的提袋並排在一起。要送去給兒子的東西，就這樣準備好了。做這些事，令她心中飄盪著無名的波動。一種愉悅之情，微微地在她的臉容上流溢出來。

就像每一次出門一樣，她仔細地檢查房屋的每一扇門、每一扇窗是不是都關好了？每個窗戶都有三層：最外面是鐵欄，中間是紗窗，裏面是玻璃窗。前後門也是有三道；包括重重的鐵門、紗門和木頭門。屋後，圍牆的上方，屋主釘了鐵條，封住了屋簷下的空隙。屋前，高高的圍牆圈起一小塊庭院，圍牆上方倒插著無數個破碎玻璃瓶頸。大約是庭院的土地貧瘠、公寓太擁擠、陽光不夠充足；這兒所種植的花木顯得很單薄的樣子。屋外落著綿綿的雨。她撐起傘，困難地抱著大包小包的衣物和食品，走入雨中。

她走到街口等搭巴士。頻頻地朝街角望去。轉來了一輛又一輛的公車，但都不是她所要搭乘的路線。等車的時候，她慣例地把日光投到走廊裏，擺賣檳榔小攤的母子倆，就好像又看到了過去久遠的日子裏，她和她的強兒的身影。強兒陪著她，幹了不少的苦活兒：賣檳榔、賣香煙、賣菜……

終於，車來了，她心中一陣高興，覺得和兒子會面的時刻更接近了。每次坐上巴士，她都禁不住會想起，有一回，她帶強兒上街，搭公車時，他扶她上車，在車上一直攙著她的手臂。那時，她還年輕，他只不過是個小學生，他照顧她，好像她是個老太婆，她一直記得那時她心中的感受，一種安心的、寬慰的感覺。大約是：有這樣好的兒子，她就不用害怕老年的來到吧！

車身的顛簸，令她突然地胸口緊悶，頭發暈。她衰弱地閉起眼睛，她有點害怕，問自己：「是不是有病？高血壓嗎？還是太胖了？如果得了中風，癱瘓了，怎麼辦？誰來照顧強兒？誰來照顧我？」她愈想愈害怕，眞怕就在車上癱瘓了，不能動了。她伸伸腿，發覺還能活動自如，才安心些。

她確是覺得不舒服，直到車子接近市中心時，她才能勉強地張開眼睛。鬧街裏，樓廈間到處高懸著花花綠綠的廣告板。擠攘行走的人羣像蟻羣似地來來往往。街心中流動的車輛，都在狡黠地相互超越。圓環上，兩個武裝的憲兵，背靠著背站崗，站得直挺，鬧市的喧嘩雜亂絲毫未曾影響到他們。

巴士停妥後，她匆匆地下車，朝旁邊一家大型的食品店走去，向店員買了幾樣甜點。雨還是落著，雨從傘緣飄過來，雨水滲進她的棉襖，在衣面上留下一塊、一塊的漬痕。她走過幾條街，走到一處公路局車的站牌旁。

等啊，等啊，她幾乎懷疑車子會不會開來？當車子接近她時，她的眼睛突然地明亮，閃著生動的光彩。坐上車後，她的心中立卽攪和著各種的情緒，那快樂、幸福、希望、緊張……充塞在她的心胸，不斷地擴散。就是這樣，她衰頹的、逐漸老化的軀體又有了活力。這麼多年來，強兒是她生活唯一的支柱。她對他奇妙的、豐沛的感情，從他降生時就有了。他初生時，是個美麗的嬰兒。慢慢地，無形中，他長大、長大。他一直是那麼乖巧，對她恭敬、體貼。到他唸了中學以後，他變得沉默、孤僻。她不了解他的內心。但在他那麼孤僻的時日裏，他仍時常流露對她的體貼。她不知道，從什麼時候開始，不再把他當小孩看待。有一天，她為他盛飯，等待他開始挾菜時，她突然發現，她對他有一種敬畏和依賴。坐在她面前的強兒，臉色有點蒼黃，眉目清秀，他已經有成年男人的骨架，建築工地的苦活兒使他的一雙手變得又粗又厚。她不能理解，為什麼他的臉容上有那種冷峻和嚴肅的神情？到有一天，當他和警員一道走時，他的臉變成慘白色，眼中露著異樣的光，使她害怕。這些事，她反覆想了無數次。沒有辦法把他幼年時那樣無邪、平靜的臉孔和他成年後的臉孔連貫起來。

車子行過最擁擠、狹窄的街道後，來到市郊。公路的一邊，是遼廣的、翠綠的田園，另一邊是疏落的農舍。一羣孩童在屋門口玩耍。每次，車子經過這裏，她的心就被外頭的景致所召喚。那沒有圍牆的農舍，好像就是她過去的家。她在那老舊的、安靜的房屋裏產下愛子。童年的強兒，就像這些孩子一樣，自由自在地從曬穀場走到田畦，走到河邊。她打開車窗，呼吸到田野間流暢的空氣，也就是在這兒，她看到前不遠處那幢龐大的建築物，由層層的圍牆環抱著，逐漸臨近。她看到那一扇、一扇，小小的、黑暗的窗。看到圍牆角高高的瞭望台。

她下了車。車子揚長而去。公路直直長長的，彷彿要伸到世界的盡頭，而她所有的注意力只要擺在這裏。

她橫越馬路，快步地奔跑。她成爲來訪者的一份子。每個訪者都在奔跑：那些老人、老婦，那些經過細心妝扮的少婦、小姐，那些孩童、學生……，大家都在奔跑，朝圍牆裏接見室的大廳跑。雨變得愈發寂寞了，沒有人去留意它。風疾疾地吹，吹亂了每個人的頭髮。

廳裏擠滿了人。牆上方的燈誌亮著紅色的「九」字。會面室的門口，有一排人在緩緩地移動，警衛檢視著每個人的證件。廳的一邊列了數排椅子，坐滿了人。母親抱著襁褓，解開衣襟餵嬰兒吃奶。男童、女童活潑地在人羣裏奔跑穿行。到處都是人，都在趕著辦手續，趕著將食品、衣物遞進窗口。像蛇形的隊伍，從登記處排起，橫過大廳。隊伍緩慢地移動。一張張沉靜、深沉的臉容，目光黯然地凝視前方。還有一張張哭紅了眼、哭紅了鼻頭的臉，流瀉著他們的哀傷。

堅厚的櫃枱裏面，職員們忙碌地翻找檔案、塡寫、登記。終於輪到她了。她遞入身分證，伸長脖子，謙卑地報出兒子的編號和姓名：

「一六六〇號，劉自強。」

裏面，中年男人靜靜地看了一會兒資料，把她的身分證丟出來，淡淡地說：

「劉自強在裏面犯規，不准會面。」

她渾身的血液在這一刻間都冷卻了。男職員揮揮手，要她走開，接著辦理下一位的會面手續。她驚愕地環顧四周，迎著人們沉默的、同情的眼光，她木然站在櫃枱旁邊，低頭看著她手中大包小包的東西，腦裏是一片空白。她握著身分證的手，這時微微地顫抖起來。

「雖然不能見面，妳還是把這些東西送進去吧！」

站在她身旁，一位年輕的女子關切地對她說。

「喔，是的。」

她猶疑著，努力啓齒說道：

「我想請妳幫忙……」

「有什麼事嗎？」

「請妳幫我塡單子，……我不會寫字……」

「好的，我們到那邊坐著寫。」

這位女子，體態輕瘦，一頭褐色、鬆鬆的、大波浪的長髮披在肩頭。她輕扶婦人的手臂，穿過人隙，到送物處拿了幾張送物單。兩人在窗前的長椅坐下。

「謝謝妳，請問妳貴姓？」

「我姓邱。」

邱小姐從皮包裏拿出筆來。溫柔地望著婦人，問：

「收物人的名字？」

「劉自強。」

「編號？」

「一六六〇號。」

「妳的名字？」

「陳秀明。」

「關係？」

「母子。」

她的聲音變得微弱，好像快要哭出來。女子的眼神更爲溫柔了，彷彿在訴說著無聲的安慰的話語。

「地址？」

她的喉頭哽咽，說不出話來，就把身分證遞給這位小姐，讓她抄。邱小姐把三聯單塡好後，交給婦人，說：

「快送去吧。」

「謝謝妳。」

「不要客氣。」

婦人起身了，又坐下來，關心地問她：

「妳呢？妳看誰？看過了嗎？」

「我看我的男朋友。還沒輪到，還有好幾梯次。」

「我的孩子是冤枉的……」

「我們也是冤枉的，還在上訴。妳的孩子是什麼案情？」

「別人喝了酒打架，欺侮一個女孩。他路過，是勸架的……」

「也許還會有希望，妳不要太擔憂。」

「眞是謝謝妳。」

「不要客氣。我幫妳提東西，好嗎？」

「不用了，我自己來。」

她再三地向邱小姐道謝，拎著送物單，抱著大包小包的東西，走到送物處。她把東西一一從窗口遞進去。裏面的職員仔細地檢查每一件東西。會面室就在旁邊。一位遲到的老婦人，匆匆地趕來，警衛檢查了她的證件，開門讓老婦人進去。門打開的這一瞬，陳秀明看到了裏面正進行中的會面。隔著鐵欄和雙層玻璃的會面枱，兩邊的人都坐在椅子上，手中拿著對講機，匆匆、急促地談話。這裏有二十個座位——就有二十個家庭、二十個故事，一組一組不斷地輪遞下去。

匆匆的一瞥，令她生起好大的羨慕。

「縱然會面只有三、五分鐘，總是好的啊！」

「什麼時候才能看到我的強兒呢？」

她悲苦地想。一顆心好像已經飛越過重重的攔阻，飛到兒子的身邊。她以爲，兒子離她很遠。但稍稍思索後，她才領會到，他們相隔得並不遠；她的兒子就在這附近的某一個角落裏。

她把東西都送進去了。他們遞給她幾張存單。沒有了大包小包的東西，她覺得輕鬆多了，但她又有一種失落的感覺，覺得一個人空空蕩蕩的。她的情緒掉到極低的低潮，使得她全身軟弱無力。她走到剛才和邱小姐一起坐的地方，坐下來。坐在這裏，好像就是在和兒子相處，她眞捨不得離去。她看到邱小姐在排隊，等著走進會面室。壁上的燈誌已跳到「十六」的字樣。她看著邱小姐隨隊伍移走的背影。她喜歡這個女孩；她們的處境很接近。

她起身，走出大廳。差不多是正午的時間，訪者陸續地離散。室外，溫暖、明亮的陽光穿過灰暗的雲層，遍灑在大地上。雨已經消失了，風還在疾疾地吹。她走過寬廣的庭園，走出開敞的大門，公路局站牌就在大門外的路邊。有一位老人坐在剛好夠他一人容身的售票亭裏。婦人遞錢給他，買了一張車票。太陽暖洋洋地照在她身上。她倚著電線桿站立，轉過身，面向著那幢龐大的建築物。她遙遙地望著它。思想著，她的兒子這時正在做什麼？這卻是無從想起。高高的牆垣環抱著這幢堅固的大房屋。牆角的瞭望台裏站著武裝的警衛。而在那後面，還有美麗的風景，山巒間，輕煙裊裊。田園、村舍的景致，就像任何地方一樣，優美而寧靜。

她站久了，太陽曬得她額頭、鼻頭冒起粒粒的汗珠。眼睛向前方看久了，景物變得分散而刺目。

「再這樣想下去，我會發瘋……」

她嗟歎一聲，無奈地轉過身來。遠處，公路局車小小的影子逐漸變大。車子慢慢開來，在人羣脚跟前停下。婦人是不自覺地、苦痛地搖了一下頭，走上車。那幢屋，逐漸後移，逐漸變小。車子轉彎後，她再也看不到它了。而強兒的面容，是那麼清晰地在她眼前升起；是沉靜的、孤僻的、清秀的面容。

回到家，她從皮包中拿出一大串鑰匙，打開重重的門。進了客廳，屋裏陰氣襲人，黑幽幽的。她打開窗戶，讓外頭的光線透進來。她才在沙發坐下，想要喘喘息，一個熟悉的聲音吸引她，促她轉頭看向窗外。她看到信箱裏有一封信。這又重新帶給她喜悅。她慌忙跑出去，取出信來。

她坐在沙發上，迎著窗外的光看信。

「媽媽：您近來好嗎？很是惦念。您送來的菜，很受大家的歡迎，一下的工夫，就沒有了。請您再做一些下飯的菜送來。肉類不必太多，也不要買太貴的菜。份量可以多一些嗎？有些人，家不在台北，很少有親人來看他們。還有一些人，經濟條件特別差。他們有的人沒有錢買日用品，我就幫他們買。書也借給他們看。大家雖然還不很熟，可是會彼此照顧。有些人，脚上戴了脚鐐，我們把手帕送給他們。用手帕纏著，比較不會磨破脚的皮膚。每想到您，我就覺得很痛苦。媽媽，我現在不能照顧您，請您保重身體。這樣的日子，還要持續一段時間。但它總是會過去的。您一定要好好保重，……」

看完信，她環視屋裏，感到這裏特別的黑，陰森森的。兒子說了好幾次，搬家吧，搬到陽光充足的地方。她讓兒子去處理，他去看了幾次房屋招租的紅貼條，還未做決定，就被其他的事耽擱了。她還是要等兒子回來後再搬家。她太熟悉這個地方了。

她走到每個房間，把重重的窗打開。當走到屋後時，她只打開木頭門和紗門，仍讓鐵門關著。雖然，後面的圍牆那麼高，牆上還裝了鐵條，她仍有無名的恐懼感。

——原載一九八〇年六月一日《時報》雜誌二十六期

在霞輝裏

當你在一家位於某幢大樓的頂樓，極精緻富麗的咖啡廳裏，看到了這樣的一位明豔動人的少婦獨自坐在臨著落地玻璃窗旁的雙人座沙發上，有很長的時刻，她微斜著頭，低垂著眼，嘴角透著不甚明顯的微笑，她的臉顏上有著細微的、幾乎遮隱的甜蜜的容光，你或許會掠過一個念頭罷：她是跌落在沉思中嚒？她在想著什麼呢？這兒，有關於她——羅綺的故事。

她比約會的時間提早了來。她和蕭勉約了在這兒吃晚飯。夏天，白日長。從玻璃窗透進來的光還是相當地明亮。她想，她是來得太早了。爲著這個約會，她把去美容院做頭髮、修指甲的日子提早了一天。她將烏黑溜溜的長髮在腦後盤成一個簡單的髮髻。這是她很喜歡的髮型。梳這樣的髮型，使她經過細心淡妝的臉顏不僅明豔，而且有一股端莊、成熟的風韻。同時，她穿著黑底、低領、有彩色碎花的絲質洋裝，使她白皙、光滑的頸項延伸了從頭部而來的美麗。她曾想著，梳這樣的髮型，會讓蕭勉驚訝吧！十多年不見，她留給他的印象，大約還是披散著一頭長髮，穿著輕便裳褲的大學生模樣。她很喜愛這個約會。他給她的電話，使她驚訝。他的聲音還是像以前一樣。聽著他的聲音，她底心絃都撥動了。她不知道，他現在是怎個模樣？她自己，卻不想特別地迎合他，不去猜想，他喜歡見到怎麼樣的她？他以前喜歡摸她的長髮，今天她不爲了他而把頭髮披散下來。她要以她現在的樣子和他見面。她喜歡在這個年紀把頭髮盤成髻。她想，等她年華老去時，她絕不梳髮髻，也不留長髮；那對老婦人來說，前者顯得更老氣，而披散著長髮是很不好看的。她下意識地用她纖細的手指撫過自己的臉顏，從額頭輕輕往鼻樑、往唇邊移動。她戴了兩枚戒指，一枚是貨眞價實的藍寶石，另一枚是從她學生時代就喜歡的兩頭蛇造型的便宜藝品。坐在這臨窗的、明亮的地方，她靜靜地沉思。爲著這個約會，她一天沒有上班，把公司的事交給她的助手去料理。她在家磨菇了許久，走在路上又已經把步子放得很慢；終究，她還是來早了。這並沒有使她感到不安，相反的，她設想著，她延展了，提早享受這段美麗的時光。即使她心裏是喜悅的、興奮的，她卻能保持情緒上的平衡，平靜地等著他的來到。從這一點上，她領會到，自己確然是個少婦了，眞是不比當年。

廳裏，除了她以外，另有兩位中年紳士坐在靠近樓梯口旁邊的座位，兩人低聲地交談。侍者偶爾穿行過廳間。離開玻璃窗較遠的地方，已經有了朦朧的氣氛，精巧的、金碧輝煌的擺飾隱約浮現著它們繁麗的線條。她遠遠地望著樓梯口。他將要在那兒出現。

十多年前，最後一次，他深深地撞擊著她的心，是她落在他和D的身後，遠遠地一路跟著他們前行。她是如何勇敢地懷著激動的心情，看著他一路摟著D的腰，他們倆不時親密地親一親面頰。那情景，像刀在她的心上刻劃成一幅尖深的畫。她跟在他們身後，一路上閃閃躲躲：從校園的樹幹，從校舍的牆角，悄悄探出半個頭來看他們的背影。這是偶然遇見的，卻也不算是意外。就在這天的不多久之前，他和她說好了，他要重新專心地對待D。她答應了。他們只剩下最美、最後的一夜。她既已答應在先……，她不斷用這一點來紓解腦裏抑鬱崩裂的劇痛。然而，她是不能不當它一回事。這一刻，她的心輕輕地動搖了。這件秘密的、美的事，是全然地美嗎？她爲信念的動搖感到害怕。如果，它不全然地美，只要它有一點點缺口，她擔心，那會擴大、膨脹，使她充滿難堪和悔恨。她尾隨著他們。對她而言，這一對愛侶的背影，是校園裏衆多成雙成對的身影裏最突出、最觸目。她看見他們在圖書館前的叉路口就要分手了。她看見他拉過D的手，D領會他的意，湊過臉頰讓他親了一下。之後，D往考古館走去。他踏著輕快的步子走進圖書館。他的背影消失了。她靠著粗大的樹幹喘息。能沒有悔恨嗎？她苦笑著，取笑自己。爲什麼要愛上他？爲什麼要在最熾熱的當兒遽然切斷往來？這太違反自然了！從頭開始，她就放縱心底情懷的滋長，執迷不悟，愛著明知他已有一個交往多年女友的男人。很長的一段時間——從初識他的秋天，到次年的冬天，他們彼此知道。有一個在寒冬裏短短的燃燒，之後，她又依著他，回復到她剛剛轉學來到這班上時，他和她平常的關係。不管是在這次最痛心的撞擊之前、之後，他們在師長、同學的面前，就像是普通的朋友。D有時候在上課時間，來到教室窗口，向他搖手，喚他出去，或是用啞語告訴他，要他下課在教室裏等她。D是個嫻靜的女孩，也總是穿著簡樸的便裝。她在窗口短暫的出現，每次都引起羅綺的想像。她和她有相斥的共通性，在面對同一個男人，羅綺覺得自己只是D的千分之一。在英詩選的課上，教授請同學們輪流站起來朗誦詩。蕭勉唸得流暢。羅綺慢慢地唸，把她深隱的感情流進詩人寫好的表達情懷的詩句裏。唸完了，她小心掩藏她眼裏的憂愁，坐了下來。她瞥見他的側影。從他們談過以後，一切都單純化了。沒有奇蹟，沒有變化。而那最後痛心的撞擊，還時常來突擊她。她不免幻想著，如果她是D該多好。不管什麼時候看見他的背影，她可以衝過去。不管什麼時候，看見他迎面走來，她可以快步跑過去，和他說笑，和他親暱。然而，事實卻不是這樣。

那天，她從他冷靜的神色，知道他要和她談嚴肅的事。她依約到一個偏僻的牆角，他已站在那兒。兩人背靠著牆坐在地上。

「我要妳知道，小綺，不是我不愛妳……」

她知道，他要談的事，對她來說是極不好、極痛苦的事。他和她說話時，她靜靜凝視著前方；園裏的野草只是一片模糊的綠。她太冷靜、太清楚這個情況。她只是靜靜地凝視著前方。用哀悼的心，送走一段時光；彷彿它被裝在棺材裏，埋入了地底。他們在那兒坐到天黑，很多時間是沉默著，只說了很少的話。他們融洽得像一對相知的夫妻。

「妳怎麼不說話呢？」

他和她擠在一張枕頭上。另個枕頭好像是多餘的，擱在牆角。他捧著她的臉，從額頭吻到眼睛，順著鼻樑，吻了又吻。

「我還是覺得很美。」

她輕輕低語。

他吻過她光滑的頸項和背脊。她還是有話沒有說出來：這樣的接近，以後是再也不會有了。這一夜的時間，不會比以前的夜長，也不會比以後的夜短。他倚著牆壁坐著，坦然地看著她。她也坦然地看他，看他美麗的，揉和了聰慧、滿是年輕生命力的臉容，看他有著美好輪廓的肩、臂和胸膛，也坦然地去感覺他的肌膚之親。

少婦的印象裏，他的容顏和體軀是美得耀目。經過了這麼多年，他最後的印象仍是那麼清楚，好像，一張存檔的照片，上面除了有優美的他的裸身以外，什麼都沒有。而那親近的感覺，也依然是那樣親近。時光的流轉，從玻璃窗透進來的光已變得暈紅，映在少婦嫵媚的臉顏上。她的眼神迷濛，她整個人浴在這初來的霞輝裏，她將手指擱在唇上，輕輕咬著戒指，感觸到寶石面的涼冷和兩頭蛇的彎曲的造型。

她想起她以前底天眞。她第一天轉學到蕭勉的班上來，第一節課就遲到。匆匆走進教室，她看到一張空位子就坐下來。原來只知是坐在一個俊瘦的、穿著草綠色衣服的男同學旁邊。等坐定了，她偶然看他一眼，看到他很吸引人的臉龐，看到他草綠色衣的肩帶。爲什麼連那肩帶都顯得迷人呢？她有一段時間內都想不通。穿草綠色大兵型的外套，涼天時穿單衣，寒天時把厚絨裏子套進去；這在年輕人裏也是一種流行。是怎樣的美呢？她和穿這衣的男子當然都不是好戰份子。那麼，只單是它粗糙的布質吧！就像穿舊了的牛仔褲一樣，那種布質會吸引人；比絲綢還吸引年輕人。

經過一個秋天，寒冬來時，她也到龍山寺旁的舊衣店去買了一件這樣的草綠色大兵型外套。也有肩帶。她買來的第二天就穿到學校。下課時，他和她聊天，說：女孩子穿這種外套很好看，很瀟灑。他卻不知，她是把他的美，那使她意亂情迷的美，移了一部分——屬於外套的這一部分，移到自個兒身上來，不僅有親近、溫暖的感覺，同時似乎能減輕她心裏的壓力感。縱然，她心裏的意亂情迷已長得像一堆亂草，她還是克制地、平靜地度過了寒冬和整個明媚的春天。而他們早已能風趣而生動地攀談了。夏天裏，有一天，她爲社團的事到他的宿舍去找他。她走到他的房間門口，看見他赤著上身坐在書桌前看書。有好幾本厚厚的原文書攤在桌上，他顯得很用功。而他赤身的樣子，就和他冬天穿著那厚厚的大兵外套時一樣，使她著魔。經過了那麼長的時光，有什麼界限，細微得就要消逝，也會有最細微的因緣；他終於被她掠奪來了。

少婦改變了坐姿，用手支著下巴。霞輝愈深了。她看一看手腕上的錶。他還沒來，他已經遲了好一刻了。她明澈的眼睛還望著梯口，她的眼睛也像寶石般神秘、美麗。她心中毫無埋怨，她很愉快地等著。那美麗的印象是保留了那麼多年。在與他分手後，她還有幾次波波折折的感情生活。而她總是那麼率眞，每個波折，都變成像寶石的珍藏。今日，她全心地把這一粒寶石拿出來欣賞。某一個夏天，赤身讀書的大學生，和那以後，與她，那些閃光的日子……

她遙看著梯口。終於，她等待的人來了。遠遠地，她看到他依稀美麗的臉龐和西裝革履的身影。這一刻，她想著，屬於回憶的，是過去了。

——原載一九八〇年十二月卅日《民衆日報》副刊

情迷

魏夫人作了一個和性有關的夢，突然地從夢中驚醒。醒來才知，天已亮了。她不知道，是不是透過玻璃窗照射進來的陽光刺目，把她喚醒的。想到方才夢裏那樣憂傷、不安、不能滿足，夢裏的情緒仍未消失，令她覺得很懊惱。

她躺在牀上，還感覺到這些日子來因爲腹瀉而造成身體的虛弱。說起來，腹瀉只是小毛病，卻更增加了她心裏的惶恐不安；疾病似乎奪走了她的年輕，更加速地把她推往蒼老。好像，三十歲以後的時光過得很快，她現在才三十五歲，不過，三六、三七、三八……會變得一天接似一天地飛掠而過。她知道，使她惶恐最大的原因是在丈夫身上。他比她長四歲，卻讓她覺得，他現在就比她年輕；他有活力、有成熟男人的魅力。而且她覺得，就是再過十年，他都還是風流瀟灑，會吸引很多年輕的女子。到那時候，他倆之間的差距就更大了。她似乎預見到自己衰老的容顏，預見到更加寂寞、荒涼、枯竭的處境；一個人更是惶恐而痛苦了。

她不知道，爲什麼在身體虛弱的時候還會作那樣的夢？難道，心靈上的寂寞也會挑起肉體的顫動嗎？她算一算，明宏住到學校的研究室已三天了。才三天，卻令她有如漫長三年的感覺。他不住在家的時候，總是令她恐懼不安。他有過多次的豔聞，而他似乎愈來愈煥發著成年男人的魅力。在許多場合，她看到少女、婦人們對他流露著崇慕的眼光，言談間似乎多了一種情愫。只要他接受，眞不知會有多少女人成了他的情婦。雖然，他是她的丈夫，法律上的約束力，以及那讓她不能完全確定的——他一直說愛她，他不會棄她而去——這些都告訴她，他會回到她身邊，她還會擁有與他相處、纏綣的時光；她仍覺得不安，不愉快。只要再過一週，他就會回來。而且，他其實離她不遠，她只要搭一趟公車就可以看到他；如果她能鼓足勇氣，打定主意去看他。他並沒有不允許她去研究室。他說，在研究室住些時日，有助於他研究的進度。她太替他設想，一心想讓他全然沉浸在研究工作裏，不去打擾他；這樣卻又令她很痛苦。太多次這類的情形，每次他住到研究室，幾天見不到，就令她痛苦不堪。每次他回來，見著他的那一瞬，所有的痛苦消失得無踪無影。這樣的重覆又重覆，她不禁懷疑，是不是那不安根本未曾離開過她，而是一直潛伏在她的身體裏面；即使在她享受著與他共處的歡愉時，它都不曾離去。她也懷疑，他倆之間是不是有問題？既然她肯定自己是深愛著他，那麼，這種不平衡、不安定，是不是因爲他愛她愛得不夠深，不夠眞？若是彼此眞心相愛，爲什麼會有痛苦？爲什麼有時候這個愛情好像就要破碎，就要變得空無？

依她的想像，明宏的身體強壯，性慾會比她強，爲什麼他要離開她？以她這麼柔弱的身體，當他外宿時，她好幾次是從那樣的夢中驚醒。她惱怒。如果他在她身邊，他們就會有熱烈、優美的時光。而特別在這樣的時刻，她想到他的那些豔聞，想到如果又發生了那種事……她痛苦得渾身的肌肉都似扭絞成一團。有很長一段時間，她不能確實知道他是不是又有新歡。她隱隱地覺得，應該會有。對他來說，那似乎是很容易發生的事。到底，過去這一段時間裏，在那些天裏，他擁著另個女人；一個或是好幾個？自己心愛的男人，讓她有這些疑慮，她不僅惱怒，也傷心，哀歎自己爲什麼會愛上這個男人？用通俗的話說：她覺得自己是差勁、罩不住，太沒面子了。剝開那她和丈夫同樣的職業——教授，那原本予人有莊嚴感的——難道，他倆的感情世界是混亂的嚒？

想著，想著，她的腦裏眞是亂成一團，腦漿好像成了一團碎爛的豆腐。

「我該怎麼辦？」

她無法將混亂的思緒，整出頭緒來。發覺自己好像突然間失去了處理事情的能力，一個人失去了智慧、失去了靈活的思考力，就要變成廢人了。她驚嚇得背脊直冒冷汗。她想，再繼續躺在牀上胡思亂想，她恐怕會精神分裂，連忙從牀上爬起來。

才站起來，眼前一片黑，頭發暈，她用手支著額頭，過了一會兒才恢復。只是一場腹瀉，就把她弄到這般虛弱。她幾乎不敢看鏡中的自己。沒有正視鏡中人，她只感到它映出的自己是那麼消瘦、憔悴、蒼老。她一心想去看丈夫，但是，這樣的容顏眞令她害怕啊！她在想，是不是她已經到了必需正視自己青春不再，已經衰老的時候了？那她曾經天眞浪漫、美豔、豐盈的時日眞是過去了嗎？

梳洗過後，她坐在書桌前。想看書，但是，拿起書本來，翻了幾頁，只看到上面黑痳痳的一片；腦裏一點也不能吸收。這愈加深她心裏的恐懼不安。當沒有青春的時候，如果她連知識、事業也不能掌握，那眞像是死亡的來到。淪落到那般不堪的情況，恐怕她只有自殺一途了。

也許是缺乏愛情吧。與愛人熱戀的時候，她是極生動、迷人。在不久之前，那幾次，有幾個男人含蓄地向她表示慕情，她莊嚴地婉拒，卻帶著一絲暖意重回到自己的生活圈。像天使的光亮，彷彿來慰撫她、拯救她。光亮去後，暖意漸漸淡了，她又陷入孤獨的恐懼裏，總是在她跌入極端的低潮時，光亮從遙遠的地方飄來。她想到那幾張面孔。有未婚的，有已婚的，有的已經步入中年，還有年紀極輕的。她不能相信，那是愛情。她從來也不敢想，若她的脚步跨出，以後會有什麼發展，會演變到什麼樣的情況。她謹守著對丈夫唯一的愛情。但是，在孤寂的痛苦中，她是多麼地感恩——這些男士像潤滑劑，隔一陣子給她枯竭的精神加油。她不能想像，如果他們都不再愛慕她，不再施給她一些關心，不再對她說溫暖、友誼、以及隱隱有愛意的話……如果她完全失去了這些；她又會變成什麼樣子呢？她責備自己的自私。她既無心去接受他們的愛情，她怎麼有權利再盼望從他們身上得到什麼！這些男士的愛情，也像空中樓閣、海市蜃樓，應該是比她的丈夫的愛情更明確地接近虛幻、接近破滅吧！而他們都說愛她，眞是令她迷惑不解。

當他們說愛她的時候，她比較能信任自己還有某些吸引人的地方。那時覺得，自己還年輕美麗，也許還有因爲接近知識而培養出來的特別的氣質。他們怎麼會知道，當她一個人獨處的時候，很多時間，她是在惶恐不安中度過。她常常從鏡中看到自己衰老的樣子。難道，當她和那些男人相處時，她有另外的容顏？或是，陰霾暫時從她的臉上消失？到底，哪一個是現在眞實的她呢？他們愛她的氣質，也許是他們還沒有發現，她有時候已不能掌握知識，不能進入知識裏面。也許，他們被她的文憑學歷、教授職位，這些表面的條件唬住了。想到這裏，她突然覺得好笑起來。精神一輕鬆，心中的憂愁也減輕了些。但她知道，她仍是陷在困境中，還沒有重新回到明朗的境地。因爲，她這時，什麼事都不能做。面對著書桌，她呆若木雞。

這是很可怕的情形。也許，她老了，智力退化。也許，丈夫令她不滿，不能滿足她，是原因之一。她眞想從這種苦境中抽脫出來。她忽然想到，也許，接受一個新愛情是一個辦法。一個新的愛人，他那麼重視妳、愛妳、關心妳、照顧妳，以及新的、熾熱的感情的燃燒，一定會使生活變得生動，變得多彩多姿。這種能使人健康的愛情，爲什麼不接受呢？爲了道德？噢，這樣的道德多麼奇怪，它要人壓抑、痛苦、讓生命力枯萎嗎？

也許，她能夠又遵從道德，又享受到愛情。那麼，和丈夫離婚吧！去享受另一個合法的愛情。

「爲什麼要和丈夫離婚呢？我是愛著他的呀！愛得太深，才這麼痛苦。爲什麼眞正的愛，反而促成否定，變得一無所有。」

不必要離婚的。她作過太多次這種結論。本來，原可以好好享受與丈夫的愛情，只因爲自己心中莫名的緊張——竟然連打通電話給他，聽聽他的聲音，和他談談——她都猶疑。她望著電話。他就在電話的那一端。但是，她太了解他了，知道他一心想在學術上出人頭地，有永遠做不完的研究，他只能分出很少的時間給她。這些原是她願意接受的事。但她知道自己在承受時，承受得很艱難。她也重視自己的事業。她原以爲，忙碌的工作應該會打消掉思念他之苦。但是，由於他，她的情緒受到影響，也影響到她的工作。她好像就要都沒有了。曾經，有一段時間，倆人握著電話，說了許多俏皮的愛情話，倆人處熟了，熟到似乎失去早先的熱戀是很合理的。夫妻生活久了，似乎就是要變得平平淡淡的。然後，熾熱屬於外遇，也似乎是很合理的。她想，也許，這一切都是對的，都是合乎自然的。最讓她感到害怕的是，當她心慌意亂的時候，她突然失去把她所擁有的知識教給別人的勇氣。書房裏、學校裏、圖書舘裏，以及滿街的書店，那麼多書竟然沒有一本能重新點燃她心頭的火炬；她和書，彼此都陌生了。她想，也許她應該辭職，去做一種不用思考的工作，只要憑勞力就能換取生活的工作。她不知道要用什麼方法，來測出她在感情上、知識上的懷疑程度？她不知道，要花多少的時間，才可以把這兩大問題處理好？這些問題存在相當久了。她現在在思考，要繼續想下去，但是能不能得到解答，她沒有一點兒把握。

她很想打電話給丈夫，也很想直接去研究室看他。也許，是她自己的胡思亂想，丈夫根本沒有外遇，他眞的是在忙著作研究。這樣想時，她又不相信自己。腦中有簡單的念頭：他很可能有外遇。如果這時，她突然去看他，說不定會打擾了他進行中的愛情，即使他掩飾，他也會在心中不滿她。她知道，他是那麼崇尚自由的人。他有時是爲了不願和社會規範正面衝突，才勉強地維持一個表面的順從。他的這些表面功夫，一部份也是在維護她的尊嚴。也許，也有些是爲著，他還是眞的愛著她。她知道，他不是壞，他也不是冷酷、古怪、絕情、自私。她知道，他的個性也有輭弱的一面，他有時候很重感情，心腸軟。就連婚前、婚後他掩飾和其他女人的關係，雖然那幾次掩飾失敗了，傷透了她的心，她都知道，他一直努力試著不要傷害到她。他的欺瞞裏，竟也含著些仁慈。

他對她的所作所爲，她常常放在心中比比重。用感覺，感覺出，她愛他，比怨他來得多。她實在也感覺到他是愛她的。她望著電話機，而這時，她心中並不是沒有負擔、沒有疑慮，她才下定決心放棄打電話給他。現在，她唯一能做的，改變形態的事，就是出門，離家幾天。跳到距離之外，或許，她的痛苦會減少些。或許，她會突然淸醒，看淸自己的處境，看淸自己該怎麼走。

她不想一個人去旅行，到哪個觀光區去玩。她也沒有那種心情，往不知名的地方闖去。她不願帶著這樣混亂的心情到朋友家中去作客。最後，她只有決定回到台灣南端的娘家。打定了主意，突然她有輕鬆的心情去看他。突然地，她覺得她可以在臨行之前和他相處一天。只要她想的時候，他都會好好地愛撫她。有一絲幸福的歡愉，從她心中深處升起。她的眼睛濕了，她哀傷自己這些時候來的抑鬱，哀傷這個奇怪的愛情。

她含著淚，走到梳粧台前拿衞生紙擤鼻涕。悄悄看一眼鏡中人，她顯得傻傻的，像個傻女孩，一點也沒有教授的威嚴。她在鏡前坐下來，開始仔細地粧扮自己。塗了面霜，再塗一層薄薄的粉底，然後撲上一層細粉。她好像在把眞實的、內心極混亂的自己，一層層地掩飾。畫了眉，擦了淡色的唇膏，她仔細地看這張臉孔。經過細心的粧扮，她的臉上還有病容，顯得消瘦，缺少了昔日的豔麗和嫵媚。她頹然閉起眼，用手支著下巴，一個人好像掉到深谷、地獄裏了。她微微地喘息，有一股熱流流過她的肢體內部。她渴望見他。她終於不顧一切地站起來，決定到研究室去。她想：再怎麼樣，我是他的妻子，除非他明白地說要離我而去，不然，只要他沒有表白之前，我都可以要求他照顧我，滿足我的需要。

她要直接去，不打電話給他。她不知道，這其中是不是有去證實他是否有外遇的企圖。她想著，如果被她撞見，那是巧合。她原來的動機是來告訴他，她要回娘家住幾天，並沒有查勤的意圖。她忽然想像少女時代一般，給心愛的人一個意外的驚喜，也許，她該帶點什麼精緻的東西去。但是，她又打斷了這個念頭。或許是，萬一撞見他有女朋友在場，會加倍地感到尷尬吧！

走出家門，外頭的天氣很好。天上有灰色的雲層，遮擋了夏日炙熱的陽光。她走在公寓間的小巷，走過彼此不打招呼的鄰居面前。她想著，也許有一種男人眞的只專心對待妻子，體貼她、尊重她，即使碰到外頭女人的引誘，他都會克制自己，不讓另個女人分享了他的愛和肉體。即使這種男人很少，恐怕還是會有的。也許，他們的學術界裏就有。也許，在工商界、勞工界也有。這樣的男人，或許他在別的方面有缺點，或是程度不夠，或是不夠浪漫迷人，但是，至少他的專情不會傷害到她的自尊，不會讓她在感情方面患得患失，老是不安心。

她走到街口搭車。商店間，有一家專賣各種鏡子。她有意無意地站在一面長鏡前，看看日光下的自己，似乎還有些兒美麗，她就寬心了些。也許，臥室太幽暗，鏡子的效果不好，把人照得醜了。

車來了，她搭上車。在車上想著他們相處時那樣淋漓盡致的表達。明宏是她所接觸過的男人，唯一不曾讓她有厭倦之心的男人。她是這麼地喜歡和他親熱；會不會正是因爲他們相處得太少了？倆個人都忙，研究的工作永無止境，只嫌時間不夠。相處的時間少，每次要相處之時，她興奮，短短的相處之後，一時間感到滿足，那時她對他倆的愛情最有信心。然而，只要明宏一離開她，她就開始漸漸的不安了。她這時想像著，見到他時的幸福感。也許，待會兒離開他後，她是帶著全然不同的，極幸福，無憂無慮的心情回娘家小住幾天。說不定，她又改變主意，留下來，在家等他回來也不一定。

假日的校園靜悄悄的。她曾經帶著各種不同的心情，走過校園。生活裏的那些酸甜苦辣，都是那麼自然的發生。很多事情，在當時覺得嚴重的事，以後回想起來卻無足輕重。她猜想，也許有一天，她會爲自己這時的憂愁感到訝異；就如過去很多次，她歎息曾經浪費了太多心思在一些並不很重要的事上。

接近那幢新建的兩層樓房時，她心中有說不出的，複雜的情緒，而喜悅是佔著較大的部份。走上二樓，她往長廊裏直走。上課期間，他大多是把門半開著，方便學生進出。現在，門是關著。她想，或許是放假了，沒有必要開門吧！她上前扭動門柄，鎖住了。

她用手指扣門。等了一陣，沒有聲音。她想，也許，他出去了。她就從皮包中掏出鑰匙來開門。這時，她忽然整個人發冷——

她整個人發抖，不知道該怎麼辦好？她鼓足了勇氣，才把鑰匙抽出來。一個人虛軟，就要暈倒。她只想找個地方躺下來。想到牀，她更是痛苦不堪。也許，她無法支持走回到家。也許，她要走到前面一幢教室，躲進厠所裏先哭一場，她正要轉身時，明宏把門打開了。他顯得那麼自然，好像沒有什麼事。她已看到裏面坐著一位女學生。

「我在指導一位學生寫論文。」

裏面的女學生從椅子上站起來，也是她教過的學生。

「進來吧，小如。」

他輕聲的說，聲音裏有溫柔。

「楊教授好！」

說罷，女學生朗爽地笑道：

「倒底應該稱呼楊教授，還是師母呢？」

「都可以。」

楊小如力持鎮靜，很大方地說。她已經沒有要留下來和丈夫相處的心情。雖然，她看不出來，他們到底有沒有怎麼樣，但是，印象中，這位女學生是很前進、開放的女孩，並不是那種完全把男教授當老師看，畢恭畢敬的傳統型學生。爲了這一點，她覺得不愉快。她不喜歡女學生這樣對待男老師，也不喜歡丈夫接近這種類型的女孩。在他過去的豔事裏，就有這種類型的女孩。

楊小如在床緣坐下。她瞥了一眼牀上，很整齊，沒有太多的皺痕。魏明宏一手擱在短運動褲的口袋上，另隻手翻動著書桌上的報紙。女學生重新坐下後，就拿起她面前的書，隨意翻動。楊小如才開口，正要說想回娘家的話，魏明宏也同時開口對女學生說：

「美琴，其他的問題，我們改天再談好不好？」

「好。」

美琴合起書，站起來。楊小如連忙說：

「你們繼續談，我坐會兒就走。」

她的話，還是客套與禮貌的成份居多。美琴自然地接著說：

「我走了，改天再來請教魏教授。」

魏明宏對美琴微笑不語。

「師母再見，魏教授再見。」

美琴走向門口，楊小如這才說：

「再見。」

魏明宏送美琴到門口。女學生轉身的時候，楊小如似乎看到她臉上忽然掠過一種憂鬱。她看不到丈夫的神情如何，只看到他那魁梧的背影是那麼令她著迷又傷心。丈夫把門反鎖，再拉上橫式的鎖。她已經決定，要離開台北幾天，好好地想一想。

魏明宏走過來的時候，楊小如斜過身，往床頭的牆壁靠。他坐在她面前，拉起她的手，吻了一下。他吻得讓她心痛。她匆忙用輕鬆的口氣說話，這種口氣是可以阻擋他倆之間交流偏向性方面的進展。

她告訴他，她要回娘家住幾天，那麼他可以依他的計劃作研究，快些把研究告個段落。

「等我把目前這部份做完，我陪妳一起去。」

她望著他的臉容，濃眉大眼，在堅毅的神色間有那股她所熟悉的溫柔。她心裏只想著，要躲避這無止息的痛苦，要好好地想一想，她下定了決心——不論，她心裏已湧塞了更多的眼淚，更多的恐懼和惶亂。

魏明宏沒有說動妻子，他跌入無言的沉默，兩隻手無意識地擺動。

「我要走了。」

她說這話的時候，好像是在宣布放棄丈夫，內心裏眞是痛苦不堪，而她表面上卻顯出平靜無事的樣子。她起身，丈夫也起身。他把她擁在懷裏，熱烈地吻她，他的身體緊緊地貼著她。她強忍著眼淚。她也有留下來的衝動，但是，那痛苦是折磨她太久了，她要站在遠一點的地方看他。她擁抱著他的身體，想著每次與他親熱，在當時是那麼令她全心滿意；但是，她知道，這是不夠的。她知道，他們之間有問題。問題倒底嚴重到什麼程度呢？她不能確知，但感到相當地嚴重，特別是剛才在家裏時，她呆若木雞，手足無措的情形，實在令她害怕。

丈夫陪她走到校門口搭車，一路上輕拉著她的手。她找了一些生活上的話和他談。他幾乎沒有說話，有時候他顯然是落在他自己的思考中。所有他倆的相處裏，除了剛開始熱戀時，他的話和她一樣多以外，他說話說得很少。她不喜歡這一點。但是卻無法改變他。這使她想起，她以前的一個男朋友，她和他談得眞痛快，她從他的話裏享受到許多甜蜜。也許，世間沒有十全十美的愛人。一個人的優點同時也隱藏著缺陷，在適當的時機暴露出來，再拖上一段時間，就會令對方感到無法忍受。她不能責備丈夫。他的沉默，原來就是令她著迷的思考力的另一面。她和丈夫走在一起時，還是有幸福感，覺得他仍屬於她。她突然想：一切煩惱都是產生自她的幻想。她眞希望能確定這一點；但是，她根本不能確定。

丈夫陪她等車時，湊在她身邊低語。

「一路小心，好好照顧自己。」

他說得太簡單了，令她失望。他爲什麼不表示，要打電話和她保持連絡，或是要她打電話給他呢？她不禁又想起以前那位話很多的男朋友，他那麼勤於打電話給他，眞讓她滿意。她也藉這機會再來澄淸一下，這種懷念倒底是怎麼回事？她發現，她總是在滿足對方某些優點之外，讓那不滿的情緒打倒了她對對方的愛情。她知道，這是她的錯。幾乎沒有猶疑，車來的時候，她迅速地投給丈夫含有愛情的眼神和微笑後，走上車。車子開動時，他們隔著關起的玻璃窗互相揮手。她的心直往下沉，眼淚就要流出來，她連忙轉過身來，丈夫的身影就彷彿遁入另外的世界裏了。她忍了一陣，終於從皮包裏拿出手帕來掩面暗泣。她現在確定自己是完蛋了，就要開始一段長長的，人生裏黑暗的旅途。

以前也有過這種情形。丈夫所能說的安慰的話就是：我們不能想得太多，不能太苛求，我們要互相體諒。這是救不了她的一帖藥。她彷彿掉在一潭死水裏，也彷彿掉到驚濤駭浪中，她無能爲力，只有任自己痛苦著。

回到家，她頹然地走進臥室，躺在牀上。心中的害怕愈來愈濃，她擔心鑽進牛角尖裏走不出來，連忙起身，散步到前院賞花。看一會兒花，又覺得乏味，她就轉身又走進屋，開始收拾行李。但她都不能思考，不知道要帶哪些東西？抓下一疊衣服，扔在牀上。拿起行李箱，一個人就呆住了。她甚至害怕出門，突然覺得，還是待在家裏省事。要不要回娘家？她一時拿不定主意。覺得這樣自我折磨太苦了，就暫時什麼都不想，走到客廳往長沙發一躺，仰頭看窗外的天空。

什麼都不想，讓她好過了些。就在她不知道，到底要不要出門時，她似乎已決定了仍留在家中。「閉門即是深山」、「面壁思過」，恐怕也是一種辦法——當他連行走的力氣都沒有的時候。

她任時光轉移、流逝。正午過了，午後的陽光微妙地轉變，然後落日餘暉從紗窗射進來。不知不覺中，天色暗了，客廳變得像幽黑的墳墓。恐懼和絕望已佔據了她身體裏的每一個細胞。她覺得自己變得像古堡裏的女巫婆。唯一讓她感到，她還是像這個世界的人就是飢腸轆轆。她懶得弄東西吃。直到夜晚，實在餓得不舒服，才走到廚房吃餅干、沖牛奶喝。她把一包餅干吃光了，又回到客廳睡沙發。她想，如果明宏突然回來，走進黑幽幽的客廳，看她還在家，且是這幅模樣，眞會把他嚇壞了吧！一直沒有電話，她不免懷疑，是不是電話壞了，隨手拿起話筒來聽，電話是好的。她還要確定一下，就撥「一一七」，聽到那呆板的聲音：

「九點十二分三十秒，下面音響，九點十二分四十秒，……」

半夜，她到臥室拿枕頭、被子，睡客廳的沙發。整個晚上睡得很不安寧，一個人迷失在黑暗中，掙扎著，找不到出路。

天亮後，她仍賴在沙發上。直到她睡得煩了，她才起身，到浴室泡溫水浴。赤身躺在清澈的水裏，她有受洗的感覺，覺得舒暢了些。她決定要接受一個新的愛情，就走到臥室，從梳粧台的一個小抽屜裏抓出一疊名片，尋找一個人的名字。她找到了，程顥，那個黏她很久，讓她覺得很眞、很溫暖、可靠的年輕人。她挑他，他沒有結婚是原因之一。她不挑有家室的，優先考慮的，還是爲自己；不要惹麻煩。至於是否會傷害了人家的妻子，她倒是沒怎樣認眞地去想它。

她雖然在早上就決定了要和程顥約會，但還是左想右想，直拖到下午，對方下班的時間快要到時，她才伸出手撥電話。從此，她不再想自己的丈夫。她和程顥約第二天同吃午飯。腦中有微弱的意念，也許，在明天中午之前，她會改變主意，或是她僅和他吃飯，吃了飯就回來。

掛電話後，她散步到街口，提早吃晚飯。她慢慢地磨時間。餐後夾在行人裏，沿街直往前走。爲著想使自己走得疲倦，晚上好入睡。走過商店的衣鏡前面，她忍不住佇足看看鏡中的自己。好像，她的過錯已經刻在臉上了，那是一張失去光采的臉。

次日早上，她把所有的時間花在遐想和打扮自己。等不到丈夫的電話的痛苦逐漸減弱了。她有一種失去很久的輕鬆的感覺。她忽然懷疑，這一向來，是不是她誇大了丈夫的優點——把他想成唯一的迷人的男人，他龐大的影子佔據了她的心思，堵塞了她自然流暢的思考？

她帶著愉悅的心情赴約。抵達餐廳的時候，程顥看到她，就從座位起身迎候她。他輕便的穿著，自在的神采，顯得健康、自然。看到他的這一眼，楊小如覺得自己的眼睛突然光亮，整個人就像木偶奇遇記裏的小木偶，突然間得到人的生命力。對方渾身煥發著男性的魅力，似乎比丈夫的還要多。這一瞬，她感到自己所有女性的特質都失而復得。

他們開心的談笑，楊小如發覺自己很喜歡和程顥在一起。當程顥問她：

「吃了飯，妳想去哪裏？」

她腦中浮現著溪頭那一片，遠遠近近的綠。她微笑不語，凝視著他，在凝視裏縱容自己把心中的柔情和喜悅悄悄地流洩。

「怎麼不說話？」

他的眼神裏也有屬於愛戀的光采。

「我想去一個地方，可是，很遠。」

「多遠呢？鵝鑾鼻嗎？」

「沒有那麼遠啦！」

她巧笑著。想起她原打算回屏東娘家，想起丈夫曾提議等工作告個段落陪她去。她覺得愧疚，試着想挽回，想使自己從目前的處境抽身，回家等丈夫，那樣的話不僅可以再與丈夫重享攜手走在南端鄉間的情趣，也可以把這些年來她所謹守的對丈夫的愛情繼續保留得完整。然而，她只有很微弱的力量，一種新的感情已經滋生了。

「告訴我吧，看看我可不可以跟妳一起去。」

她凝視著他，心裏感激他。從與他通電話後，他彷彿把她從深黑、冰冷的井底拉出來，又給她溫暖，讓她重新像個人，像個女人。

「我想去溪頭。」

她坦然地說，彷彿在說「我愛你」。

「好地方。」

他欣喜地說，還舞動著手。她忽然覺得，愛情是多麼相似；這種默默含情的相看，喜悅，和手舞足蹈。繼續發展下去，大概也相差不遠。丈夫似就站在她面前注視著她，丈夫的身影依然令她迷戀。

程顥想了想說：

「我去打電話，把公司裏的事交代清楚，那麼我們吃了飯就出發。」

她仍面露微笑，沉默著，心裏有複雜的情緒。程顥起身去打電話，楊小如落入沉思中。她想起第一次和明宏去找旅館的情景，他們在小鄉鎮裏走了好幾個鐘頭才找到一間小旅館。整個晚上膩在一起，幾乎不曾瞌眼。他的身體，和他對愛的表達的優美令她驚訝。從每個角度看他，他都是那麼優美，到現在，久遠的印象依然清新。她想，目前，她的處境並非到了懸崖峭壁，甚至可以說，她是享受著雙倍的幸福，是人間極端優美的情境。她處之怡然。

走長長的路，互相愛戀、喜悅的一對男女，有很多時間可以盡情的談話，互相依偎得這麼接近。除了愧對丈夫，這個新的愛情帶給楊小如幾乎接近完美的幸福感。她願意爲這個愛情付出代價。她暗自決定。

他們攜手走在大自然裏。程顥的坦然，他也屬於大自然的一部份。楊小如依人小鳥般地將頭靠在他的肩膀，孤獨已久，掙扎已久，長期的疲憊，如今都解脫了。

但是，當夜晚來臨，就寢前，楊小如猶豫了。她發覺，她沒有像和明宏初次相處時的衝動，沒有那種熱烈地迎接赤裸裸燃燒的激情。這時，她才驚覺到，她愛程顥，還愛得不夠。她同時又對自己對丈夫的深情、戀戀不忘，悱惻不已。但是，和丈夫的一段情似乎已成過去，種種的依戀似乎來自她個人思緒的累積。到這時候，她找到了答案：她愛丈夫，愛得太深，反而痛苦。而丈夫給她的愛，沒有她對他來得多——他比她太早，把愛情和肉體讓另外的異性來佔有、分享。那使她對他失去信心，傷害到她的心靈。

她讓程顥愛撫她、吻她。她吻這張美麗的面孔，懷著欣賞、享受和感恩的心情。她眞正知道，失去了丈夫，失去了長久以來那種專情的形勢，是在她和程顥肉體的結合。她自此，把愛情完全移轉給新的愛人。而後，她又再一次地發現到，她愛程顥還不夠深。她雖然也對程顥熱情，但比對明宏差得太遠。她想起和明宏的相處，她吻他整個人，像信徒對神祇的崇拜。儘管，她已因爲和程顥的相處，而失去了明宏，她卻覺得有價值。是這件推到極端的事，她了解到自己的處境。那在此之前，一切事情都混亂，毫無頭緒，如今她已找到脈絡分明。

她想，程顥會帶給她安定的生活，直到他交上另外的女人。她知道，自己有一天會眞正的衰老，也許還要過三、四十年，那時眞正的智力減退、體力減退。現在，她還年輕，仍然美麗。現在，她的頭腦還很靈活、淸醒。留在家裏的那些研究計劃，目前該怎麼做，以後該怎麼做，她都很明瞭。等結束了這趟旅行，回去後，她就可以著手進行。她對自己信心十足。她也有信心，和程顥相處不會令她困惱。她爲什麼會有這些轉變？她並不能確實知道。她能確定的是，程顥和她，倆人坦然的、自然的態度是居於關鍵性的原因。她愛戀地，擁抱身畔這位全新的男子。

程顥排隊買車票，他遙遙看著坐在長木椅上的楊小如。倆人隔著這麼遠，還眉目傳情。他買了車票，走來與她坐在一起，深情地握著她的手。

在他們對面，倚牆的椅子上坐著一家人，有一個年紀約四、五歲的小男孩很調皮，東摸摸西摸摸，他的父親連名帶姓喚他好幾次，斥喝他。楊小如直望著小男孩漂亮的臉蛋，打心裏喜歡他。小男孩被父親教訓，乖乖坐好，坐不久，就把自己的汗衫拉起來，罩住整個頭。楊小如指著小男孩，要程顥看。

「好可愛的小男孩！」

「我們也生一個，好嗎？」

程顥深情地望著她。

「想得那麼快！」

她笑著拍打他的肩膀，悄悄低頭。她一直想生個明宏的孩子。小男孩、小女孩隱隱約約的輪廓，至今還留在她的腦海裏。她所相處過的男人，只有明宏令她興起生個孩子的念頭。這又是一件足以說明她很愛明宏的例子。

「妳怕生小孩嗎？」

程顥問她，這個問題，在學校裏，學生常向她和明宏問起。他們總是簡單地回答學生說：帶孩子太麻煩。

「當然會怕，生孩子很痛苦。不過，眞正讓我困惱的是，我不知道該如何教育孩子。這個社會，許多事情是有多重標準。」

她沒有講出心裏的話，她是先要有愛情，才要有孩子。而她一直覺得，愛情不可靠，難以把握。

那一家人走去排隊。楊小如的眼光一直跟著小男孩的身影。他的父親一路拉著他，母親顯得很疲倦的樣子，只照顧著行李，把照顧孩子的事交給丈夫。很快，小孩就在人羣中消失了。楊小如才把眼光收回。她低頭看程顥拉她的手。難以想像，他們將携手走多遠人生的路。

回家和丈夫離婚，這是考慮之一。總之，做了這種事，情況就不一樣了。她不敢希求丈夫的原諒。現在，她才想到，她以前怎麼從來沒有努力去原諒丈夫。也許，他的外遇，也曾經歷像她一樣痛苦的掙扎。但是，這種事會傷害到倆人的愛情，也是必然的事。即使丈夫不同意離婚，她又要怎樣對待程顥呢？他們倆個男人見面了，如何相處？她是不是堅持要和丈夫離婚呢？這一點，她並沒有確實的把握。她如何啓齒和丈夫談這件事呢？這些棘手的問題，讓她沒有太大的興緻繼續和身邊的男人談戀愛。

坐在火車上，楊小如側臉看窗外的田園景色，思濤起伏。種種的疑問，種種的猶疑，在腦裏盤旋。在這樣不停地想的時候，火車載著她，離家愈來愈近了。

——一九八一年八月五日

有一處精神病院

在這裏，時間好像靜止了，失去了意義。雖然，我們隱隱地感到，從鐵窗透進來的一點光線緩慢地轉變著。帶著早晨、午間、午後、黃昏、黑夜，以及不同的季節的氣息。不知是我們已失去了耐心，或是我們有太大的耐心，時節緩慢的移轉，幾乎是無知無覺地滲透到我們的肉體生命裏。是它在蠶食我們的生命呢？還是由於我們的愚昧、無能、懦弱，我們在一點一滴地剝蝕它，直到它從我們身上完全失去？

我們是這樣不情願，又無可反抗地被關鎖在這間小室裏。除了中間留了一條小走道，兩邊的地鋪擠滿了男男女女。似有一層恐懼、不安盤纏在每一個人的身上，或者它是籠罩在這兒整個空間裏。我的同伴，有的彎縮著身子躲在棉被裏。有的不知所措地在走道上走過去、走過來。有的無歇息地把一身衣服脫下，又穿上，層層疊疊的，好似它可防禦什麼禍害。牆角、廁所裏總是蹲著、躺著全身赤裸著半身的室友。他們就像博物館裏陳年的標本、化石般地擺在那兒。如果不是他們偶然蠕動了一下，或是因寒冷而顫抖，那模樣眞像是無生命的石人。

從室友們那一雙雙看向不可知的眼神，從室友們喃喃的低語，以及從那些雙手攀著鐵窗向室外眺望的背影；這些彷彿都在流露著一種期盼，和等待。氣氛是如此低沉。

鐵門發出開鎖的聲音。然後，它打開了。

這一刻，彷彿有了什麼變化，打亂了室裏的秩序。院長、管理員客客氣氣地簇擁著幾位公務員和一位漂亮的女醫師走進來。他們走進來了，仍讓鐵門半開著。我望著這通往外界的缺口，卻毫無慾念走出去。或者說，逃走。只是，這缺口好像突然反映出室裏一向來的特殊處境，它竟讓我感到一陣心悸。

公務員和女醫師一邊聽著院方的報告，逐漸移動脚步走過來檢視我們每一個人。女醫師美麗的臉龐上，神情平靜，對我們這裏的髒亂，她連眉頭都沒皺一下。她黑亮的眼睛裏，有一種母性的慈愛。我竟覺得，這雙眼睛像郗修女。難道郗修女復活了，附靈在她身上走來接近我？

室友們一如過去，看見有人來，不管人家是送飯，或是來打掃，或是來視察哪一位重病患；他們總是拖著遲鈍的脚步一湧而上，向著來者直嚷著：

「我要回家、我要回家……」

今天來者裏有醫師，他們以爲醫師掌握了權柄，更是抓住機會連連嚷著：

「求求你讓我回家……」

有一位女室友還抽抽噎噎地哭起來，她又哭又嚷，就顧不了身上正穿的長褲和長裙，裙褲都滑落下來。女醫師像母親哄牙牙學語的嬰兒般哄她。

我覺得他們眞蠢得可憐。回家，可能嗎？我們都回家了，院裏吃什麼？

女醫師走到我的面前。她彷彿走過命運長長的恆河，今日才來到我的面前。我怎麼認出了，就是她？她像郝修女，然而，她不是郝修女。她怡然的神態，她向院方每一個人詢問，她對病人的撫慰：是這些讓我認出了她？她讓我心悸，她是個俗人，不是出家人。她的膚髮和風韻，悄悄誘惑著我深鎖的靈魂。

她看著我的資料和病歷。她些微訝異的神情，是我意料中的事。果然，接下去的，也像一般的情形。她說，她看過我的小說，喜歡我的小說。

「現在還寫不寫呢？」

見我不說話，院長連忙趨向前，用揶揄的口氣說：

「這位先生是惜話如金。」

「爲什麼不說話呢？你應該讓我了解你，我才能幫助你。」

她又翻看我的資料。我看著她的臉容，感到冰霜在我臉上融化。而他們，院長、公務員、管理員當然是沒有心情，也沒有敏銳的感覺領會到我的變化。

「你不願和我說話嗎？」

不知隔多久，就會有這樣的一次例行公事。院長和管理員總是被醫師訓話，指責他們沒有好好照顧我們。空氣太壞，爲什麼不把窗戶打開？病人的被褥、衣服都太髒了，怎麼沒有換洗？看看，一個個身上都患了嚴重的皮膚病，也沒有好好地塗藥。那幾個躲在牆角，全身赤裸、半身赤裸，爲什麼不給他們披上衣服或棉被？難道要眼睜睜看他們凍出病來？凍死嗎？廁所沒有天天清掃嗎？到處都是大小便，你們聞不到臭味嗎？公家每月補助每一個病人有兩、三千塊，這些錢你們是怎麼安排用掉的？

只有醫師、公務員敢罵院長和管理員。除此以外，他們可以說是據地稱王了，誰都要看他們的臉色。這類指責，他們也聽多了，他們只要在人來視察的時間裏忍著挨罵，忍過了就沒事了。今天，女醫師倒沒有說情緒話的字眼，只是交代他們要改善幾件事。她眞仁慈，對這種市儈的傢伙有這麼好的脾氣。這些市儈對她抱怨：物價一直在上漲，買菜都不好買，一個病人一個月才貼補兩千塊，怎麼用嘛！他們還好聲好氣地要求前來的公務員，想辦法多爭取些經費來。

室友們看他們要走了，一圈圈地把他們纏圍著，直嚷著：

「讓我回家，讓我回家……」

女醫師一個個地哄他們。她置身在這個瘋人院裏，怎麼還這般沉著，一些兒駭怕的神情都沒有!?她怎麼信任我們不會加害她，使她難堪，而和我們這樣接近?她使我想起郝修女，使我領悟到郝修女爲什麼那樣崇敬耶穌，只有像耶穌那樣仁慈的人，才會走到最黑暗的窮人區、痲瘋病人區裏。

他們走了，鐵門重重地鎖上。室友們仍流連在門口，還在喃喃自語：「我要回家，我要回家……」

室裏又恢復了向來的樣子。

在方才以前，我不曾明確地知道，是否我也像其他的室友們一樣懷抱著什麼期待?我到像是一個植物人，存在於這個宇宙裏。像盆景裏的寄生草，迎著從窗隙透進來的日光，悄悄地活著。

剛才，這兒有了一些變化。有一件優美，輕掠而過。如果我是在外面的社會，我或會像別的成名作家一樣，放肆我心中的慾念，把她釣過來。但我不再去想外面社會無聊的事。既已淪落到這裏，爲什麼還要有期待呢?

我已久不思索。這一點點新滋生的，眞不知道是好，是壞?

大體來說，我可列入院方比較有好感的病人之一。雖然，他們也有幾次對我暴跳如雷，直問我：爲什麼不說話？我還是不說話，他們也沒有懲罰我。

有些討巧的病人，會向院方做出乖順的樣子，強制壓抑他們感官不能控制的煩躁動作。乖順的病人有時可以得到些好處，譬如，封給他一個小職務管管別人；好天氣的時候，放到庭院裏去散步、曬曬太陽。我並無意做一個乖順的病人。我棄絕外面的社會就是——我不要做一個討巧的人！既然淪落到這兒，我更有充足的理由，不要取悅這裏面的任何一個人。在他們看來，我的沉默，竟是病症呢。我眞忍不住在肚子裏發笑！

室友走出封閉的小室，在庭院裏散步時，有的還找機會諂媚看顧我們的管理員，大約是駭怕馬上被拎進小室裏再關起來吧！

一陣陣像野獸的狂吼聲吸引了我的足步。這位先生年紀約莫四、五十歲吧，被關在小牢籠裏。他的情緒似乎是亢奮到了極點，彷彿受了多大的侮辱，有滿腔的憤怒，狂喊著。雖然吐出的字，含糊不清，他卻似已使盡了所有的力氣在怒罵他所痛恨的人。他會在這裏關多久呢？像我那位弟弟一樣，無期徒刑嗎？和弟弟相處的時日，好像已是前世的事了。弟弟是個極天眞、直爽的人。我家出了我和弟弟這樣的兩個孩子。但我和弟弟卻覺得，我們絕對比我們的父親可愛多了。父親公司的董事長獲得某單位頒發一座獎章時，父親以最快的速度，在一家日報上刊登了佔有半頁的祝賀啓事。爲這事，我和弟弟罷看那份日報，我們並且在外流浪了整整一個月，不願回家和父親碰面。那董事長什麼扯爛污的事沒做過？後來還上了呆帳榜。在父親的眼裏，弟弟和我的腦筋大概都有問題，打從小就用懷疑的眼光看我們，弟弟大學唸到一半不唸了，父親狠狠地罵他發瘋了。弟弟從中學就開始打工，他從不曾積攢到一萬塊，但是他滿腦裏有各式各樣的念頭：如果他辦報，要怎麼辦？如果他當公司的老闆，要怎麼當？有一天，他對我說：

「如果我有一百萬，不知道會有什麼感覺？」

他知道了，那是怎樣的感覺。

弟弟被判刑的那天，我就喪失了說話的興趣。我們的父親氣得差一點死掉。不過，他還在外面的社會，在逢迎的夾縫裏生存著。他的那股毅力，有時候令我忍不住要從另一個角度發出讚歎！

我們散步的同伴裏，有的人是戴著脚鐐。我替這些人疼惜。他們一心想逃走，可惜被識破，反而被戴上脚鐐。如果可以，我願把院方給我的信任、鬆懈的管理轉送給他們，讓他們能夠如願地逃出去。但我眞忍不住要問他們：

「逃出去，有什麼好呢？」

旣已淪落到這裏，連最後一點自尊都被摧殘，還被戴上脚鐐！而你甚至不能抗拒，不戴它！

我在一棵古樹下坐下來。背靠著樹幹，仰看光禿禿的枝梢。它也像我此刻已漸凋萎的生命。春天來的時候，它會抽芽，而我呢？我微弱的呼吸還可以支持多久呢？

暖暖的日光曬在身上眞舒服。這是我額外的享受。走到生命的末路，原只剩下一張空乏的體軀。我抓起一把泥沙，看它從我的指縫裏徐徐滑落。

女醫師又來了。她彷彿是從我心深處走出來的。這一刻，我驚覺到，隱隱的期盼已陪我消耗掉多少生命的時日！

她依然是被一羣人簇擁著。她來到我面前，帶著那麼友善的笑容問我：

「最近覺得怎麼樣？」

我想告訴她：我覺得我快要死了。但我說不出話來，大概眞是快要死了吧！

他們搖搖頭，笑笑，就走開了。我聽見院長重彈老調說：

「眞可惜，年紀輕輕的，又有才華，竟然封筆不寫，連話也不說！」

我看著她輕巧的背影，是這背影讓我驚覺到：我還活在這個俗世裏。

他們走向醫務室。我站起來，踟躕地走過去。隔著醫務室的紗窗，我看到她正在鑑定病人。院長和管理員好像抓犯人似地，把一個個跌倒病人拉進醫務室，按在長椅上，要他們等著。

她專心地和病人說話，毫不理會我站在窗前。一陣和風吹拂過我的面頰，使我想起《聖經》上說，上帝往泥人身上吐氣，它就有了生命。我望著她，想著：我活著，能做什麼呢？學妳，像妳這樣忙碌地照顧別人、幫助別人？妳撿起世間無數殘障病弱，設法治癒他們，無暇去埋怨，有更多的人在製造更多的傷殘。

我散步走向庭院的外緣。

這裏有一條路，直通往外面的世界。路邊，院方正在搭建一間新舍。幾個身體強壯的病人，和外面來的工人混在一起工作。琳琳病癒歸來看老朋友，她正倚著新搭起的紅磚牆和大夥兒有說有笑。她少女的臉上，抹了淡淡的脂粉。管理員也湊和著瞎扯淡。病人和工人的工作吸引了我的注意。我不知道，這病舍蓋好後對誰有利？收容更多的病人？分擔病患家屬看管的勞累？對病人本身有什麼好處呢？我覺得疲倦，就在一堆泥土上坐下來。

琳琳談到一位病友回家後不多久，就跳河自殺了。這是我們很熟悉的故事。回到外面的社會，無法與人競爭，情緒不平衡地生活著，種種的衝突、掙扎，最後選擇了這麼一個簡單的方法來處理自己。

琳琳想到什麼，就說什麼。她談到，她在烹飪班學做菜，談百貨公司，談電影。她提醒我，外面的社會還存在著，在不遠的地方。我望向路的遠方，感到茫然，偶或有人車走過，他們都提不起我的興趣。

我覺得乏味，就起身往回走。我想，我這模樣正像池塘裏的小魚，我的一生，我的世界就在這方寸之中。

我走去看那唯一引起我興趣的女人。我悲觀地想著：不多久，她就要從我的世界裏隱逝了！

這回，她抬起頭望了我一眼。我不再看她，獨自在園裏漫無目的地走。我走向土坡邊一排低矮的房子。它看起來像豬舍。當然，我知道，裏面關的是人。

我站在其中一間前，從小鐵窗往裏面看。這無聲無息的老人，好像已經死在那兒。小房間的長度剛剛好夠他躺在那兒。木板就是他的睡鋪。靠牆角的地方擱著一個裝盛了稀飯的碗，和一雙筷子。這是一位不會發聲、不會攻擊別人的病患，所以才會把筷子留在這裏。他也是無期徒刑嗎？

她來到我身旁。我聞到女性膚髮的幽香。

她對尾隨在她身後的人說：

「你們先去病房，我和他談談，等會兒過去。」

她從容大方，毫不在意別人曖昧的眼神。

我願在這冬日午後溫暖的陽光下死去。

我們走過柔軟的土壤，我注視著我踩過的小草。她纖美的脚，穿著輕巧的高跟鞋。

我想起耶酥爲門徒洗足的故事，也憶起教徒俯身吻教宗的足的畫面。這些，淡淡地掠過我的心田。如果我吻她的足，我知那不是宗教的情懷，那是自然的戀愛。

「爲什麼不寫了呢？」

我不說話，她亦沒有怪怨，仍陪著我在園裏走。

我是慢慢地，不想寫了。我在心中對她說。

那麼多不寫文章的人，在談話時可暢所欲言，然而，寫文章的人卻只能把生活裏的千萬分之一寫在紙上，這是多麼不光采的事！

我曾試著把生活裏的話，老老實實地錄在紙上。但是，我發覺那得付出極大的代價。有一回，我只不過寫了十之一、二，竟被禁掉了。

有人安慰我，即使只寫出千萬分之一也好啊！總比一點都不寫來得好。我曾想：這話也對。寫那麼千萬分之一，讓大家發揮想像力，同時也給那些可厭的傢伙留下紀錄。我試著做。我發覺，這樣很阿Q，漸漸地，我就厭倦了。

「我給你一張我的名片。你出院後，可來找我。」

我拿過名片，在樹底下站著看。她坐在我剛才坐的地方，開朗得像個還在唸書的女學生。

「你坐下，跟我談談你的故事，不是小說，是你自己的事。我知道，小說都是假的。」

我眞想讚美她：妳說得太對了！

我在她旁邊坐下來。

我的故事很簡單，而且，發生在過去的事，有什麼好講呢？

我看著她的名片。上面有她上班的醫院名稱、地址和電話。我會走出這世界，到她的世界去看她嗎？那眞是難以想像！

她的世界，也曾是我的世界，是我來到這裏的前一站。

妳知道，那一站是在哪裏嗎？

我望著她的臉龐，我從她的眼睛裏看到我自己。我悲傷地低下頭。

妳問我：爲什麼不寫？

妳問我：爲什麼不說話？

我現在仍然無法說話。但是啊，我的心在滴血。也許，有一日，因妳的愛，我會用筆寫出我想說的話。

妳知道嗎？當我逐漸停筆後，我感到日子變得空洞可怕。我訝異，我曾經那樣精力充沛地活過。旋而，我一邊想著，要重新選一件工作，在這期間，我認識了郝修女。她是我所見過不寫文章，卻能把日子過得比文豪還有意義的人。如果她不是修女，我倒眞想娶這樣的女人共度世俗的家庭生活。

但是，未久我的生活就完全轉變了。

郝修女去世，弟弟的官司、判刑，把我拖到如地獄般的世界裏。弟弟判刑那日，我遊魂似地在市區裏徘徊。入夜的時候，警察前來盤問我，我看到警察就跑。他當我是嫌犯、通緝犯，眞是去他的！

口供、筆錄是我極厭惡的玩意兒！中國字被用在訴訟上時，前後左右正反好像都可以用，眞是太不可愛了！他們當我是啞吧、瘋子。我瘋了嗎？我啞了嗎？要用什麼標準來衡量？

但，我眞是就不會說話了。以後就被送到這裏。

妳看看，這是多麼簡單的故事。

這天，她和那一行人離去時，神情顯得有點黯然。我隔著病房的鐵窗看她走遠了，離開了我的視線。

或許，她生氣了。畢竟，再有耐心的醫師也會有不耐煩的時候。然而，我想，我沒有錯。我屬於這裏。這個世界是不會有奇蹟發生的。

入夜的時候，室裏的電燈突然熄滅，室友們發出驚慌、懼怖的呼號。像一羣無助的嬰孩，在黑暗中摸索，盲撞。我們，整個，好像直直在墜落，滾向世界最黑暗的底端。靠著一支燭光，驚悸的心逐漸穩定下來。

燭火在黑暗中飄搖。它微弱的光，烘托著我們一張張憔悴的病容。

我身不由己地在小走道上，走過去、走過來。

天亮的時候，我雙手攀著鐵窗向外眺望。我只能看到園裏的景物。

有什麼東西在我的腦袋裏，在我的內心裏蠢蠢欲動，像野草似地蔓生。

我對於是不是要改變自己，感到猶豫、疑惑。我感到不安。我想，如果我不能克制這樣的不安，我是否應該把這情況告訴她。我開始有一個長長的期待。

門鎖轉動。管理員把我們一個個喚到庭院裏，請來理髮師爲我們剃頭。

春天什麼時候過去了？天氣燠熱難耐。我走到古樹蔭下納涼。我從上衣口袋裏掏出她的名片，想著，也許她的職務有了調動。我既不能確定她什麼時候會來，我何不自己去看她？

我起身，朝通往外面世界的路走去。路邊的新舍已蓋好了，鐵門上掛著又新又沉重的鎖。好幾雙手攀在鐵窗上，好幾隻眼睛漠愣愣地看著我走過窗前。

我告訴自己，不要想太多，不要總是被那些痛苦的回憶絆纏著。應該像她一樣，開朗地、自然地活著。

離開這個鬧市有一段時間了。它還是老樣子，紊亂、嘈雜、髒兮兮、灰舊舊的。而她服務的醫院，看起來還蠻乾淨、有條理。如果我當初運氣好，被送到這裏，恐怕會比較好過些。

我有一點靦腆地對服務台的小姐說：

「我要找傅淑惠醫師。」

她面色有異，反問我：

「你是她什麼人？病人嗎？」

我不是以病人的身分來看她。也許，深談後，是一場空幻，但那有什麼關係呢？

「我是她的朋友。」

「你是她的朋友？」

她帶著懷疑的眼光看我。我不免感到一陣心虛，難道我還是給人家病人的印象？

「你是她的朋友，怎麼會不知道，她已經死了。」

我像一個冰柱呆立著。

「她什麼時候死的？她怎麼死的？」

我牙齒打顫地問。

「你不是說，你是她的朋友嗎？怎麼會連這件事都不知道！」

這位小姐很不耐煩地低下頭，要做她的事，一副不願再理睬我的樣子，臉孔拉得長長的。我慌忙編道：

「我剛從國外回來，本來答應她，要送她一件禮物。對不起，請妳告訴我……」

她這才又抬起了頭，帶著有點遺憾的神情說：

「一個月以前，是癌症死的。」

「癌症？什麼癌？」

「子宮癌。」

我又一次歷煉著，像遊魂般地在鬧市裏晃盪。

這麼完美的女性，應該可以孕育出最美麗的新生命。然而，她卻死於子宮癌！

入夜的時候，我往偏遠的鄉間走，循著溪水的聲音走向它的上游。我整個人已是個冰柱，溪水的清冷抵不過它。我帶著她的優美，承受著最後的痛苦……

——原載一九八一年十二月四日《文學界》

星星墜落了

整個日子是一片空白。

每天睜開眼，只感到厭倦。傷心、絕望。哀痛的事，盤踞在我的腦袋裏，腦袋被挖空了。

我還活著，可是已沒有生命的活力。心裏空了，那裏曾泉湧著愛和熱情，現在它是空的。

我不能說，我的精神已經完全死亡。當然，大概百分之九十九是死了。還有百分之一的精神活著，可以用它來說明，我每天晚上還到殘障院去照顧那些孩子。也可以用這百分之一的精神活著來說明，我帶著愛情的眼光和你說話。（你不知道吧？她來向你請教殘障教育的問題，只是一個藉口，來看新愛的人，享受片刻的優美。）

從白天到晚上，不管我是躺在床上、坐在書桌前、站在陽台上、坐在空無一人的客廳裏、走在路上、坐在公車或計程車上，甚至在殘障院上班的時候，我常常想著那些傷痛的事。間或，曾經與痛苦同樣強烈優美的往事一再地出現，更加重我的苦痛。好幾次，我警覺到這樣不停止地、反覆地想，是太危險了，我會瘋掉。我警告自己要趕快停止，但是，沒有用，日子依然是這樣一天天過下來。

我在你的辦公室看到你和你的學生們，你恬靜的神采、開朗的胸襟，以及那幾位男女大學生聰慧、果決的談話，使我感到愉快。你們沒有掉進現實的漩渦裏，是幸還是不幸呢？你們研究台灣的社會，能夠不走進漩渦，眞切了解它的轉動和變動，而僅從資料、現象、學理來研究嗎？這個漩渦是不會停止的，它還會逐漸擴大，不知道你們會不會有一天也被捲到漩渦裏？

我想起韓林說——

（你看，我是這麼容易地想起他。）

他說，投入政治運動的人，很多人的下場很悲慘。有些人比較幸運，他們看到運動的光輝和成果，帶著美好的滿足離開人間。但是，很多人很慘，他們也許也看到運動某個階級的成功，後來卻遭遇到凄慘的事，身心俱乏地走了。還有些人帶著疑慮、失望，在運動情勢低潮、晦暗、前途無光時死去。

他說這話時，躺在床上，帶著微笑，蠻自在的。那時，他從小島監獄回來不久。我一邊聽他說，一邊看著他美麗的臉容。我深深愛他，與他在一起，每一分秒都很享受。我不會被他的話迷惑（以前，他談政治常使我著迷。但我愈來愈覺得，政治不是一件浪漫的事。我愈來愈會小心地看待塗了虛無色彩的政治字眼。）我把他談有關政治的話，當做——就像一般夫妻談柴米油鹽那樣生活的話來聽。然而，我們在漩渦裏，這是事實。他也並非像小說中的虛無分子，不知道自己在做什麼。

我至今都不能相信，韓林已經死了。我也不能相信，我們那麼多同伴被關在監獄，要將整個青春埋葬。韓林死得莫名其妙。他肚子痛找不出原因，醫生爲他開刀也找不出原因，開刀後沒幾天他就死了。但是，我在他死以前，已經失去了他。雖然，我仍然有做他妻子的名份，我們之間已因爲他有新歡而完了。我傷心失去了他，傷心他死了，我心裏、腦裏卻不斷地說：我不能原諒他。有時我想，我是不是用永遠的譴責來延續我對他的愛？我也曾想，如果我能打從心裏原諒他，是不是才表示我眞的愛他？這樣不停的、反覆的思考是沒有結果的。在我認爲，親密關係是很特別的。我不能接受，他有新歡而仍然對我有一份感情的話。我爲我們曾那樣熱烈的相愛，隔著鐵窗的戀愛，這樣特別的經歷，更加不能原諒他。憑著直覺，我相信，韓林跟我提離婚，與我分居，金絲蒂（他的愛慕者，政治學研究員）與他丈夫提出離婚、搬出家庭以前，他們已經相好了。

這是很可怕的墮落。不止在於婚姻已經變成形式，而在於人與人之間的關係是那麼脆弱。而這中間，還有一層更可怕的是信仰的動搖和崩潰。

我相信，情慾會使人忽視一切。我要自己學習面對情變和離婚。縱然我學習到能面對這種事，我、韓林、金絲蒂，我們生命裏一件重要的東西已經毀壞了。韓林的肉體死亡以前，他的生命和我的生命裏一段共同的部分已經死亡。如今，金絲蒂和我還活著，我曾在她的研究工作上協助她，那份友誼沒有了，我們已形同陌路。這些被毀壞的，在韓林死去之前都已經成爲定局。

我的痛苦，不僅因爲我失去了一份長久的、美麗的愛情，愛人離我而去，不能復生，我的痛苦還包括嫉妒愛人和別的女人相好，以及生命裏最好的時光、最好的友伴，帶著我們的理想、熱忱和友愛，囚禁在監獄裏。美好的事物都失去了，我的心怎麼會不空了呢？

我期待舊日的友好從監獄回來。我時時懷念過去我們在一起時的歡樂和溫暖。期待他們重獲自由，不僅因爲他們是我的好友，並且，囚禁他們是一種罪惡。這個罪惡不消除，我們自由的人，心也被禁錮了，彷彿有千斤重的石頭壓在我們的頭上，壓在我們的胸膛上。他們是那麼善良、正直、有爲的年輕人，卻被打進人間地獄，這整個國度也就像一個可怕的夢魘境地。

我期待他們回來後，周遭又自然地甦醒、溫暖、有生氣。儘管，從監獄回來的人，有的變得像流浪漢無所事事，有的以先知、上帝自居，有的很霸道，有的教條八股，還有最糟糕的——心愛的人傷透了我的心——

但是，如果你能看得更深、更透，他們仍保有美好的品質，他們的可愛之處會叫你心疼。

對於還沒有回來的人，期待是純淨無雜的。確實是這樣。韓林和我，隔著鐵窗的那段長長的日子裏，有一種純淨之美。在極難以忍受的、分離的痛苦裏，我卻同時享受著一種異樣、純淨之美。這種美感，此生不會再有了。韓林和現在仍在監獄的友伴是不同的。雖然，我和這些友伴都十分要好，但這種好和戀愛是不一樣的。

和韓林分居以後，我過著單身、沒有愛情的生活。並非沒有使我心動的人、沒有追求者。只是缺乏活力和熱情。肉體的性慾常常在日間、或在睡夢中蠢動，我像注視一個調皮搗蛋的孩子，由它去，苦惱了一陣，復歸於平靜。韓林死亡那天，我害怕自己會崩潰，到舊日的男友家睡覺。我擁抱著他的每一分秒，不能自己地把他想成韓林。後來，我流淚了，幾乎喊出——

（韓林，我愛你，你活過來啊）

這眞是可怕的情況。

韓林死去已經有很長的一段時間。類似的情形，一再發生。我愈來愈害怕，是否我已失去了愛人的能力？我去找舊日的男友，只是爲了可以不必從頭開始。

（我對你微弱的愛情裏，有一股力量，把我幾乎要和韓林一道飛走的魂魄拉回來，在貧乏的心田裏注入活水。我不想去誘惑你，不想從你身上貪取得到愛情。你手指上的金戒指有你對妻子的許諾，有她對你的愛。其實，我若去誘惑你，你也不一定會愛上我，對不對？不過，我很感激你的和善與關懷。你使我有勇氣面對美的、哀痛的往事。當它們一一浮現在我腦際時，我整個人身上痛的感覺略爲減弱了。）

韓林出獄回來，我們度過了一段甜蜜的時光。然而，問題卻不知道在什麼時候悄悄地滋長？當我從他面容看到他有難言的隱衷時，不安與憂懼日益加深。他離開我以後，我苦苦思索。最後只能歎息，我們帶著熱忱和憧憬跟著漩渦轉，卻不知在什麼時候，任漩渦吞噬了我的幸福。我不能埋怨，也不能後悔，就如韓林說過：「我們都躲不掉的。」

韓林回來後，我發現他的健康很差。如果我不是他的妻子，如果我換成站在金絲蒂的立場，也許我不會特別關心他的健康。金絲蒂對他的政治主張、他的行動方式感到興趣。金絲蒂，照我和我的同夥的講法，她是一個「蛋頭」。韓林卻和她談得蠻開心的。他們常東跑西跑，和這羣人、那羣人有談不完的話，忙得沒完沒了。韓林不理會我關心他的健康，不理會我要他多休息，不知從什麼時候開始，他用咆哮來報答我對他的關切。起先我被他的咆哮嚇住了，我以為是我的錯。後來，我感到莫名其妙。很多事情都混亂了。我疑惑，想不出事情為什麼會演變到這種地步？

我一次又一次地把我們從相識、相愛、受苦、重聚，整個過程想了又想。一次又一次把其中這一段、那一段挑出來想。我想要了解，整個事情倒底是怎麼回事？有時候，能夠看到一些眉目。有時候，又茫茫不知所以然。

第一次看到韓林，是在一個學術座談會上。我和韓林坐在聽衆席裏，他坐在我前排。主講人包括西裝革履的先生（外表顯得講究禮儀，整肅異己的手段卻令人生畏。）、穿著中國衫、模樣瀟灑的大學生（年紀雖輕，用筆整人、落井下石的功夫卻叫人駭訝）、還有講民主政治委委婉婉、七折八扣的教授，以及幾個頗有從容就義氣概的大學生和研究生。當台上的人講演時，韓林好幾次發出明顯的嘲笑聲，有時還罵著「他媽的」。我看到他漂亮的側臉，桀驁不馴的神采。他和他的朋友，大約三、四個人一道，不時低語，嘲笑台上的人。我被他們自由、無拘束的氣質吸引了。散會後，我的目光跟隨著他，直到他在人羣中消失。他漂亮的臉佔了吸引我很大的部分。但，這不是他使我迷戀多年的主要因素。我曾交過一個比韓林更美的少年，我們相處沒多久，我就對他感到索然無味。這位美少年，雖然唸到政治研究所的學位，可是，他在現實中的無能、沒有行動力，直令我在心中喚他「懦夫」代替他的名字。

如果，那天座談會後，我和韓林永遠沒有再見面的機會，我這一生中年輕的歲月會大大的不同。然而，那天的印象是烙印下來了。幾個月後，我在洪鍾家，在一羣生面孔、熟面孔中，我花了一秒中認出他就是上次座談會上吸引了我目光的那個人。

大家在交談時，我常常忍不住瞧著他的臉。他最初吸引我的那些特質愈來愈明顯。我興致盎然地搬弄一些列寧的故事，也跟著大家談沙特、卡繆、卡夫卡、三島由紀夫、黑澤明、羅素。（以後，我們戀愛時，提起這次聚談，他說我的談話給他的印象是——我沒有中心思想。我聽了哈哈大笑，慶幸這個並不算好的印象沒有斷了我們的緣分。）

洪鍾是我們早期那一夥人的頭兒。他的學問、他的反對者氣魄，以及他的名氣，和他後來受到的重刑適成正比。人們談起他常常說，他落到這樣的下場是他的腦袋害了他，是書讀得太多害了他。這種說法是把我們生活的環境當做常態太久，自然說出來的生活語言。態度稍微嚴肅的人會立即糾正說：他不是被他自己害的，他是生錯了時代，生錯了地方。

我一直把洪鍾當師長般敬仰著。他受到一般人注意的是他的戰鬥性（他是一個書生，在和平改革運動中，他的筆和口才是他的武器。我們曾開他玩笑說，如果他生在中南美洲的軍人專政國家裏，大概他會丟手榴彈。）我了解他是一個追求生命整體意義，以及整個人格一致發展的人。我們那一夥人有什麼疑難雜症都會跑去聽他的意見。他的女朋友南茜做爲頭兒的女伴顯得相當委屈。南茜對我們所熱衷的事並沒有眞正的興趣，只是爲了愛他投合他。我們瓜分他倆相處的時間，她還要費神招待我們。她有一個萬年國會法統委員的老爹，她沒有繼承她老爹的法統思想成爲新權貴的一員，就憑這一點，她贏得了我們的尊重和喜愛。可是，大夥兒在一起，總忍不住會拿她老爹和他們國會山莊的老頭兒、老太婆鄰居做爲取笑的對象，她也常遭到池魚之殃。

洪鍾和南茜相愛多年沒有結婚，他們這一段情的結尾不幸應驗了洪鍾的話：走上這條路最好不要結婚，衝的時候沒有包袱，坐牢時沒有牽累。洪鍾出事後，南茜爲他奔走得憔悴不堪，她所能想到的人都找了，就是沒有向她的法統老爹求援。她說，這個念頭想都不要想，她老爹和洪鍾老少倆人彼此敵視，邊兒都搭不上。以後，南茜遠走美國，離開這個令她傷心的地方。沒有人忍心責怪她；無期徒刑，這活寡怎麼守呢？更何況他們沒有結婚，她連申請探監都不被批准。

洪鍾事件使我首次貼切地感到政治的殘酷。事情發生時，我突然感到，在這天以前我們那夥人的高談濶論，向權力挑戰，眞像兒戲。以前聽到有關政治案件、政治犯的傳說，就像與自己無關的故事。洪鍾被逮捕的消息傳來，我感到連我也沾了他的光，虛度膨脹起來，這又像一個故事了；究竟是我們站在階梯上，還是上面的人並不像我們想像的站在很高、很遠的權力寶座上?何以突然地，就接觸到了呢?

聽說洪鍾被捕，我電話沒打，就到韓林的住處去找他。焦慮與痛苦使我整個人的思維和內心都扭絞成一團，失去平衡。在痛苦中幻想奇蹟出現，洪鍾很快就無事歸來(以後，他被判無期徒刑定讞，我爲自己的幻想和期待感到羞恥，我眞像個白痴。)在韓林家，我見到他的女友美玉。他的女友有我喜愛的女性特質:有智慧、大方、個性開朗。她研究勞工問題。他們這一對眞是令我羡慕。我從他們的神容上看到愛情，我直覺得相信，韓林愛上一個女子會很專情。是這種信心，以後美玉離開他，我和他相處、戀愛，我相信我們可以長相廝守。

那天，我們三個人一起去拜訪幾位平常比較敢直言的教授和民意代表。和教授們談話，才知道他們對於救援洪鍾眞是無能爲力。他們跟我們一樣，只有難過、歎息，並還擔心株連到更多人。去看民意代表的情況也差不多。民意代表中，聲望愈高的，所受到的牽制和壓力愈大。他們平常用言論和權勢相抗，這時候要請他們去說項，大家都認識到我們沒有政治實力去談，只有去聽訓的份。

我們也可能被株連的，但是，地窖與鐵蒺藜卻使我們之間的友愛更濃、更熱，我們沒有停止脚步繼續奔走。次日，美玉有研究工作，未能與我和韓林同去鄉間探望洪鍾的父母。

往鄉間的路上，我和韓林談話不多。我有時悄悄抬起頭看他，覺得他冷峻的臉美得像希臘神話裏的戰神。有時，我側頭望向車窗外的鄉鎮景色，想著，洪鍾是爲著它和居住在這土地上的同胞奮鬥。洪鍾的遭遇，更堅定了我對他的信仰。我相信，在這塊美麗的土地上，並不需要有令人畏懼的氣氛、令人痛苦的折磨，我們就能在這國度上過著美好的人生。綠色的鄉鎮裏已經存在著農業破產的問題。以洪鍾家庭爲例，年輕人大都離開家鄉到城市去謀生，一對老夫妻守著祖傳的耕地，靠農作物的收成根本不能生活，洪鍾和他的兄姐每月均寄錢給父母親做爲生活費。

洪鍾母親面色青白，浮腫雙眼，用冰冷的手迎接我們。室內是逮捕、搜索浩劫後的凌亂。

「伯父呢？」

韓林用台語問洪老太太。

「他在蕃薯園裏工作。我去叫他進來。」

「不，我們去看他。」

我用生澀的台語說。老太太慈藹、熱切地請我們在客廳坐。她含著淚看我和韓林，眼神中有失去兒子的慘痛和無助。

「我倒茶水給你們喝。你們從老遠的台北來，眞是太感謝！」

「伯母不要忙。」

我和韓林堅持去蕃薯園看老先生。老太太在室裏打轉，手足無措，這滿室的凌亂、被摧殘、被踐踏，正是她此刻心情的寫照。

我和韓林走向屋後的蕃薯園，遠遠地看見老先生蹲在田園裏工作的背影。夕陽西下，如果不知道這個家庭發生大禍，誰都忍不住要讚美這幅老農鄉居工作的圖畫。走近老先生跟前，我們喚他，他緩慢地抬起頭。這張歲月輾過的臉容，雙眉緊皺，乾澀的眼裏充滿疑惑。他的神情裏沒有憂懼，一股堅忍的精神把所有道不盡的感情深埋起來。他用沾了泥土、衰老卻仍然粗壯有力的雙手與我們緊緊相握。泥土的感覺及老人從心裏發出來的熱力，使我激動得想大哭。我卻要學習忍下眼淚，像老人這樣。

我們在客廳裏喝茶。我絞盡腦汁，想著安慰老人家的話。我感覺，我倒像個醫生了，對著明知患了重病的人，說著對病況沒有作用的安慰話。

「來帶他去的人說，他們向他問問話，就會讓他回來。依你們看，大概幾天可以回來？」

老太太帶著期盼、焦慮的眼光看我和韓林。韓林看了一眼滿室的凌亂，爲難地說：

「看這情況不太好。伯母您要保重身體。」

老先生不言語，落日餘暉透過窗勾出他冷淡、深沉的面龐。就在這間屋宇，當洪鍾還是嬰兒時，也有老人是這般神情，哀悼著在暴動殺戮中死亡、失蹤的親屬。在遠方的小島監獄裏，至今還有垂垂老矣的活標本記錄著那段黑色的日子。

告別洪鍾的父母，我和韓林走在鄉間的小路上，走遠了我仍忍不住回頭看洪鍾的家。老式、樸素的房宇座落在綠色的田園間，洪鍾在這兒誕生。由於他自小表露了比一般孩子優異的資賦，受到父母和兄姐寵愛，家人想盡辦法供他讀書。洪鍾說過，他的父母有一顆樸實的心，並不巴望他做官發財，只是看他腦筋好，覺得有責任讓他儘量發揮。他書看得愈多，就愈堅持要守住眞知識。他說：

「出賣眞知識，比妓女賣身更可悲！」

洪鍾在這方面一點兒都不打折扣，他爲我、爲許多年輕人封閉的世界開了一扇窗。現在他到另外一個地方去了，我像蹣跚學步的孩子，開始練習沒有他扶持，自己走。

客運車往台北的方向走。鄉間景色急速地往後倒退。這眞像人生的旅途，洪鍾在某一站下車，不能再與我同行，這種分離使人心疼卻難以挽回。我身旁坐著另一位我愛慕的人。在這次鄉下之行後的次年，我和韓林相愛、結婚，這種親密的關係過去雖曾在幻想中出現，但感覺彷彿天際的星星般遙遠；怎麼知道，戀愛的喜悅、美麗、痛苦和眼淚都等在那兒？

有一天，我幫一位民意代表送請帖到一位卸任地方首長的家。在這裏碰到韓林。

「嗨，好久不見！」

他笑著點點頭。我們這羣年輕人成天忙著，像螞蟻般，碰到了嘀咕一陣，分手後又各忙各的。

「什麼事？」

我告訴他，一位住在國外的學者回來，他想和在野的政治人物見面談談。於是由民意代表出面，安排了個聚餐。主人不在，韓林說代我轉交。

「你最近忙什麼？」

我問他。看他眼圈發黑，面頰削進去了，深埋的感情滋生出悠悠的疼惜。

「幫柯老編書。」

他指著桌上堆積如山的資料。

「妳要不要來幫忙？」

「好啊！」

我爽快地答應。我相信從編書的過程中，會有很多收穫。這比編學校的社團刊物痛快得千百倍。學校的編務是在壓制我們的智慧和活力，外面的編務不僅能讓我們充分發揮，我們還可以拚命吸收我們渴望得到的東西。

「什麼時候開始幫忙？」

我問他。

「現在就可以做。妳還有事嗎？」

我想，手頭上正進行的一些事可以往後移，本來打算請帖送到就要走，這時改變主意坐下來和他慢慢研商。

幫柯老編書，比我原來想像得還要有趣。除了資料文字很豐富之外，柯老告許我們朝野軼聞更爲珍貴。我和韓林日夜工作，常常因工作得太久而背頸僵硬。柯老和柯太太的殷勤體貼，反而使我們擔心不經意間流露出倦容，要小心地掩飾起來。

我眞奇怪，韓林怎麼會有那麼強韌的意志力？當我累得頭腦渾沌時，眼前他的臉容依然是那麼明朗。我拿起桌上的香煙，他望著我，搖搖頭。我笑笑，縮回手。心想，他的腦袋還蠻封建的。從那天起，我不再抽煙。

書編好那天，我們好高興。我把滿桌的紙屑，像撒花瓣似地撒在地上。

「這麼開心啊？」

他停下手中收拾的工作，泛著笑溫柔地說。他用手輕摸我的面頰，手指滑過我的嘴唇，他的眼神裏有新的感情。這時我知道，他的心兒也和我接近了。我們牽著手，走回我的住處。

「如果，我知道你今天要來，我會去買一束黃玫瑰。」

走進房間，我指著桌上空的玻璃花瓶對他說。

「妳喜歡黃玫瑰？」

房間小，他就在床緣坐下。我把皮包擱下，站在他面前，注視著他的臉容，憶起最初印象裏那美好的感覺。我很想告許他，有一回走過花店，看見花叢中的黃玫瑰時想起了他。但，我說不出話來，就在他身邊坐下，拿起他的手，輕輕地吻。

幸福像滿溢的醇酒，我們被它淹沒。忘記了孤獨的靈魂流浪的感覺，生命交融在一起，性愛最細微的優美成爲永生的秘密，把我們鎖在一起。

不知道「山羊」的綽號怎麼來的？他既不姓楊，也沒有留山羊鬍子。他機靈、活潑，如果不是與他相熟的人，大概都會以爲他是個快樂的人。他發起脾氣來可不得了，如果他是隻山羊，大概會用頭上的角把人家頂撞得頭破血流。

那一年剛開始有選舉的氣味時，「徽」幫他們的工作人員開始有花酒喝了，我們這邊也開始絞盡腦汁要怎樣以小制大打這場選戰。有一個晚上，韓林和我到山羊家，準備帶走我們蒐集的資料以及製作的圖表，到柯老家去開討論會。走進小巷，我和韓林就看出氣氛不對。山羊家門口不遠處停著一輛車，兩個人影一閃，顯然不願被我們看到他們的臉容。當我們按門鈴時，這兩個人隔著距離注視我們，似乎想辨認我們。

山羊來開門時，示意我們看那兩個人。韓林輕聲說：

「已經看到了。」

穿過庭院，山羊笑嘻嘻地說：

「盯得這麼緊，大概差不多了。」

「怎麼辦呢？」

我憂慮地望著山羊清秀、孩子氣猶存的臉，問道。

「只好當肥羊任他們宰割囉！」

他說得輕鬆，我的心卻直往下沉。

走進客廳，我們和正在忙著包裝資料的阿惠打招呼。

韓林問山羊：

「到底誰是目標？你還是她？」

「我們都搞不清楚。我想大概是我吧！她以前從來沒參與，她從美國回來不久，除非她在美國被記了黑帳。」

「等一下我們走出門，他們若要拿這些東西怎麼辦？」

阿惠問。

「別那麼笨啦！」

山羊取笑朋友不留情面，大家已經習慣了。但對於阿惠這麼嬌嫩「資淺」的小姐，我倒眞擔心她不能適應。她顯得有點難堪，面頰泛紅。山羊又開始說笑：「他們如果要這些東西，我統統送給他們。等一下，我跟他們說：『好重，請你們幫我們拿好不好？』，對了，我們可以搭他們的車，把計程車的錢省下來。」

「跟他們一起坐車，車子直接開到他們的鳥巢，不是讓他們多賺了！」

韓林和山羊有說有笑。我們走出門，不理會那兩個傢伙：到巷口攔車坐上去。我們頻頻回頭看，市街上車子很多，無法分辨他們到底有沒有跟上來。

抵達柯老家，才知道山羊有麻煩的事，夥伴們已有所聞。柯老把山羊叫到房間裏談話，不多久，山羊走出來，一臉惱色。他從我和韓林手中拿走我們帶來的資料，說：

「這些東西不爲個人服務。我要帶走。」

柯老走過來，含笑拍他的肩膀說：

「你留下來和大家談談嘛！」

「這裏沒有我的事了，我爲什麼還要留下來？」

夥伴們看出山羊和柯老鬧翻了，大家都感到很爲難，不知該如何調解。山羊怒氣沖沖地說：

「我走了！」

柯老不以爲意，仍然面帶微笑。山羊抱著大包小包走出去。我很想追上，但是一方面他走得很快，另方面我又凡事以韓林的動向爲主，韓林仍站在原地，我也就跟著留下來。

次日，我和韓林同去看山羊。他住處門口行跡奇怪的人和車都已無蹤影。我正爲山羊擔心，按門鈴不久，他的頭探出來，我懸在半空的心才安了下來。

「昨晚怎麼回事？」

韓林問他。這一問可把他的山羊脾氣惹火了。

「這種人，不值得我們爲他做事。他的狗屁話我才不聽呢！說穿了，就是一句話：他怕被牽累，在劃清界線！」

「他怎麼跟你說的？」

「他莫名其妙！跟我說，要我專心寫論文，暫時不要管事！」

「也許他的出發點眞的是爲你好。」

我提醒山羊。聽他用那種口氣談柯老，我覺得刺耳，很難接受柯老是那麼糟糕的人。

「我不是爲我自己難過。」

他憂鬱地低下頭，捏弄手指關節。

「基本上，我很悲觀。我對整個情況、對未來是悲觀的。我們太缺乏反省、缺乏能力，一直是在原地打轉。」

「本來就是悲觀的嘛！」

韓林笑著說：

「不必悲觀，」

我爲他們打氣說：

「我們做了，也許會由一種我們看不見的形式發展出功效來。」

「妳這種說法太抽象。不能這樣的，我們怎麼能像無頭蒼蠅亂闖呢？」

「我們做的都有內容，怎麼會是無頭蒼蠅亂闖？」

我反問他。他還是憂鬱地搖搖頭，目光凝視著前方，我領會到他心裏有一大片世界是我不了解的。他連連搖頭說：

「這樣是不夠的。」

是這天，阿惠到另外的地方去了。以後我們很痛心地知道，阿惠才是他們的目標。我們無從知曉詳情，因爲阿惠的家人遷居，我們絲毫得不到阿惠的消息。

在和韓林相愛的幸福中，我逐漸發現心裏的憂慮愈來愈濃。明明知道，不可預測的事，煩惱也沒有用，卻無法制止煩惱盤旋在頭上。我不能拉著他，從夥伴中撤出。雖然我知道，我眞正想要的是和他過著無憂無慮、成天廝守在一起、一輩子廝守在一起的日子。而這種想望，對我們這夥人來說，不止是奢望，而且可以說是不該有的奢望。

我站在花店，望著花叢中的黃玫瑰，心裏有一份滿足，也有隱隱的不安和悲哀。我想：這時我是幸福的，但是，如果這個幸福並不長久，以後再回憶起今天的情景，將是何等慘痛？我害怕與韓林分離，這種害怕幾乎變成附身的疾病，像蟲魔般纏繞在心裏。我很了解，韓林對婚姻沒有信心，和我一樣。我們看了太多婚姻不幸的例子，而且婚後的生活可想而知，將把我們納入龐大的、必須服膺的體制裏，我們將失去很多方面的自由，必須花很多時間和精神去應付由婚姻帶來的規範和人際關係。而自由、時間和精神對我們來說是極爲可貴的。是這些問題，使我們對結婚有畏懼，躊躇了許久，最後因專注的愛克服了畏懼，我捧著黃玫瑰和心愛的人走上人生另一個階段。

就在結婚的次日清晨，一羣陌生人在我面前用手銬銬住韓林的雙手。這一刻，彷彿有一把刺刀插進我的胸膛，我望著韓林苦笑的臉，不能相信長久以來憂慮的事眞的降臨了。我淒厲地喊叫，韓林伸出已經被銬住的手，想要再接觸我一下，卻被他們猛力地拉走。我哭著、叫著，奔出去，看到他們強有力抓著韓林的雙臂，把他推進汽車。我痛苦地感覺到，我愛的人，他不能保護我，也不能保護他自己。凌辱、痛苦，排山倒海似地打擊過來。

我的心兒已跟著韓林飛走了，虛弱地回到屋裏。原來滿溢著幸福的房間，幸福一絲兒也沒有了。滿屋凌亂，方才粗魯、狂暴的搜索，大皮鞋踩來踩去，也把我整個人踩得碎碎片片。我扶著牆走進臥室，癱瘓在床上。

憤怒的血從手腕血管奔流而出，染紅了新婚的被褥、枕頭，滴落在乳白的電話上。電話的那一端，在太平洋彼岸，母親淒慘的哀號一聲聲傳來……

山羊和夥伴們展開救援工作，印傳單、聯絡散居在各地的熱心人士、和律師商量法律問題。在墜入谷底的最後一刻，我打起精神加入夥伴們的行伍。

我的新居就像一個小工廠，每個人都使出所有的精力趕工。柯老由一位教授陪同來安撫我們，勸我們不要太悲觀，事情的發展也許並不像我們擔心的那麼壞。他們並建議我們不要出來發傳單，以免使緊張的氣氛升高。韓林的父母和教授有同鄉之誼，他們尊重教授的社會地位，在哀傷無助中把一線希望寄託在教授和柯老身上。發傳單的事，被他們婉言壓下來了。但是，山羊他們還是偷偷運出了一部分。

我是萬分地厭倦這種生活。造成悲劇的每一個因素，都令我厭惡。活下去的每一分秒，對我都是沉重的負擔。我常常感覺著從萬丈山崖跌入谷底，死亡的瞬間，厭惡感、沉重的負擔都消逝了是多麼美好的事！我的肉體抗拒著生存所需要的食物，體內的器官逕自蠕動、自我消耗。但是從心靈深處愛的呼喚，熾烈地燃燒。最可怕的分離降臨了，幸福被剝奪以後，愛底純淨之美卻湧現出來。它能支撐一個虛弱的肉體和巨大的哀傷、醜惡的事相抗。戀愛變成另外一種形式，時間、空間都站在相抗的一方，愛人站在遙遠的、時間的那一端等著我一步步走過去。

在往監獄的路途上，溫暖的陽光透過窗照在我面上，和風撫面，就像他溫柔的愛撫使我沉醉。

監獄把我們阻隔了，並我仍覺得我是幸運的；我是他的妻子，可以通過衛兵檢查走進戒備森嚴的禁地。在塡送物單時，我的愛和思念透過筆尖流露在小小的紙條上。寫著他的名字、我的名字、食物的名稱、書籍的名稱、現金數額、年月日，每一筆劃都是愛和思念。

我坐在登記室等候。環視這如人間地獄的小室，看著每一張探訪者憂愁的臉容。再過一段時候，我的幸福又會增添；我可以像他們一樣，在會面室裏隔著鐵窗、玻璃窗看到日夜思念、心愛的人。

管理員把收條交給我。我看到他簽名的字跡，彷彿看到他在小囚室收物、寫字的情景，領會到他的感情。這淒美的感覺，覆蓋在心田上，滲入心靈最深的深處。夜闌人靜時，我提筆和他傾訴，把他帶給我的美好再傳送給他。我把有他字跡的紙條放入床頭櫃上的竹籃飾品裏、等待他回來後，與他一起回味這段隔著牆和鐵窗戀愛的滋味。

孤單的不安日漸嚴重，感到青春逐漸削落，面容和身體快速地蒼老。起訴後，我和韓林的父母前往會面。隔著玻璃窗，他灰白的臉彷彿泡過，浮腫、沒有生氣。他看到的我是用粉妝掩飾憔悴、強自振作的臉。我們用眼神傳遞只有我倆知道的語言。會面的時間雖然短暫，我仍享受到豐富的甘美。聽講機電源被切掉，看不見的一股強制力驅迫我們分離，他往那邊的小門走，頻頻回首，我們即使儘量放慢步子，也必須走到通往外面的門。我遙看他背影消失的地方，陽光也一樣灑在那裏。他走過陽光照耀的地方，之後就是我想像不出來的黑暗地帶。

開庭的時候，我覺得彷彿置身在一齣戲劇裏。我又覺得，我坐在家屬席上，彷彿坐在戲院台下的觀衆席裏。自由與不自由的區別，只是韓林和我們之間那塊空氣互通的地方。我想，如果我與韓林對調，是我娶了一個與他共同工作的女子；今天我將離法官更近。沒有走到這兒來，哪裏會想到，它已存在了三十幾年？哪裏會想到，同樣的痛苦曾經暗暗的、一遍又一遍地鞭撻在我們前面的人身上？如果韓林和我，以及我們的夥伴沒有預想到有一天要站在這裏，我們不是太天眞浪漫了嗎？

縱然我們有願意受苦的準備，我們仍然是憤怒、哀傷的。得知他被判五年，隔著玻璃窗，我低頭哭泣。抬起頭來，他的臉色慘白。他泛著苦笑用聽講機安慰我，聲音遙遠而細弱：

「不要哭，不要哭，我寫信跟妳談……」

受苦的程度愈來愈加重。我必須在主要的工作（這時我在一家幼稚園當老師）之外兼差，幫出版社校對稿件，才能支付生活開銷。尤其在判刑定讞後不久，他被移送到小島監獄，探監往返的旅費遽然增加，即使兼差經濟仍很拮据。最害怕的分離發生了，使我潛藏的不安更爲繁衍，總覺得還有各種的不幸等在前方，一個接一個來臨。沒有會面，沒有收到韓林的信時，我被莫名的惶恐籠罩。靈魂不甘寂寞地脫離肉體，去流浪：孤獨、空虛，無孔不入地侵襲。我背誦著思想家的話：

「愛是意志力的表現。」

我在夥伴面前小心掩飾愁苦，跟隨著大家的步伐繼續我們的志業。後來，出版社結束營業，我經一位熱心社會工作朋友幫忙，晚上到殘障院照顧孩子們。

（你第一次帶著兩位大學生來參觀訪問，院長和你討論幾位殘障兒童個案，我聽你們的談話，很有興趣。那時，我對你的印象就像對一般教授一樣，並沒有特別突出。）

我搬到一個新地方，和一對導演夫婦及一位單身漢合租一層公寓。這位導演是我們愛電影青年圈的一員，他在電影圈熬了多年，最近才拍出一部受注意、得到好評的片子。他個性內向，長得俊美。有一天，我從外面回來，走過單身朋友的房間，他們兩人躺在地板上，我走過去，兩人身上的被單褪下，他們健壯、美麗的裸身呈現在我面前。他們歡迎我加入，我躺在單身朋友的胸膛上，卻去愛撫有妻子的導演。他男性的美麗，那麼自然地吸引我，就像一幅優美的古典畫，我進入畫中享受原始的性愛。我們擺脫他的妻子，擺脫那位單身朋友，在我的房間裏相聚。我擁抱他美麗的裸身、他俊美的臉，他的身體迎近我。我讚美這個時分來臨得正是時候，很久沒有性生活，小腹裏那種敏感、陣陣抽痛隨著神經脈絡困擾到底處。他似乎已經進入我的體內，我享受著，彷彿像眞的一樣，卻在這時醒過來。我仍孤獨地躺在新婚的床上。

我的小腹裏還在抽痛。我疑惑，爲什麼夢裏是那位導演朋友？我對他有好感，但從來不曾對他有過幻想。夢中的情景眞美，就是在現實裏也不能構想出來的圖畫、情節，夢中卻出現得那麼完好。會夢到他，大概是他拍的片子正在上映，白天對他的注意比過去多了些。

沒有性生活的日子愈久，夢中男性器官變得像怪物一般扭絞成一團。困擾襲擊我的時候，我像生病了，全身燒痛。我避免讓自己有愛上別的男人的機會。後來我小心地挑選男人，相處後迅速地遺忘心中的愧疚。

我站在花店，猶疑著要買黃玫瑰或是紅玫瑰？我拿起數朵紅玫瑰，轉個念頭又將它放下，仍然去拿黃玫瑰。

往監獄的路途上，來來回回印著數不清、看不見的我的足印。點心店、水菓攤、書店、百貨公司也印著我的足印。我帶著多情的心、甜蜜的情緒挑選韓林喜愛的東西。有時候，我遺忘了周遭的環境，遺忘了季節。有時候，風雨、熾熱的陽光、刺骨的寒流都融進我對韓林戀愛的情緒裏。

往監獄的路途上，車窗外的市街景象、鄉鎮風景，都格外有生命力。在機場等候室裏，我留意到，這也像是整個人生的一個站。飛機載我到遙遠的地方，那裏是我和夥伴們從事活動的終點，韓林已在那兒停歇下來休息。從小窗往下看，寶藍色的海洋無邊無涯，我如海鷗飛過海面，離天堂如此地近，我衷心感謝上帝讓我領會到自由的意義。

小島土壤貧瘠，人煙稀少。我沿著海岸走向那幢像更年期女人那樣古怪的建築物。海浪擊打著黑色的礁石，發出寂寞、含冤的嗚咽。人們流了太多眼淚，監獄處處溼漉漉的。

我們在接見室裏相會。他坐在小木桌的對面，我們之間有著中國五千年歷史文化裏傳說的喜鵲橋。我們旁邊有人豎起兩隻耳朵，專注地聽我們講生活的話，像上軍訓課般地寫筆記。我們快樂地說著牆裏牆外的趣聞，用旁人聽不懂的暗語嘲笑他們，並傳遞著我們的訊息。我們的眼神裏總是有相知的秘密。時間到了，他將手指擱在唇給我一個看不見的吻。他被他們帶引走向通往裏邊世界的門，在門口匆匆回頭，用眼睛和我說話。我向他搖手，直到他的人影消失，才沮喪地垂下手，沮喪地走出這幢魔房。

床頭櫃上的竹籃飾品早已盛滿有韓林字跡的紙條。牆上的日曆一張張撕去，換了一本又一本。桌上的玻璃花瓶，黃玫瑰含苞待放、逐漸盛開、逐漸枯萎，我總是懷著熱情買回新鮮花插進花瓶，在花瓶旁邊擺著韓林冷峻臉容的照片。

終於這一天，韓林站在黃玫瑰旁邊了。我傻傻地望著他。楞了一陣，才想起這是一件眞正快樂的事，怎麼竟讓顚倒錯亂、暈頭暈腦佔據了盼望已久的重聚？不過，我只淸醒了一下，周圍親屬、朋友圍繞著他團團轉，使我很快又變得暈頭暈腦了。

當房間裏只有我們兩人，當夜神把所有的人都趕進睡鄉，我們發現到失去的幸福又如醇酒般滿溢，比分離以前更醇美、更豐富。分離就像一場惡夢，惡夢過去了。然而，我怎麼知道，另一個永遠的分離已經等在我們前面？

如果我不是韓林的妻子，如果我站在金絲蒂的立場，也許我也像金絲蒂這樣愛慕他，對他的反抗性、他的故事感到好奇。金絲蒂可能是我最早見到韓林時，我的另一個影子。我不想扮演金絲蒂的角色，用糖衣包著她的「蛋頭」理論去撫摸他的傷口。牧鷹人放鷹，任牠在天空翺翔；韓林從囚籠走出來，我選擇了牧鷹人的角色。

（我不知道，你的婚姻過得怎麼樣？每一個婚姻，是只有他們自己才知道的故事。甚至，有些人對自己、對另一半的了解只是浮面的。對於婚變，有時候並不需要、也不可能完全知道它的原因。沒有婚姻這一層約束和允諾；情變不也是一種形式的瓦解？每一種形式都不一定能實踐「長相廝守」。人生有幾次巧逢，讓時空做爲試驗，輾過愛情，呈現出它的原貌？在上帝的面前，我謙虛地收起我曾想望追究愛情原貌的野心。我把枯萎的黃玫瑰埋在過去的歲月裏。

感謝你。由於我注視著你時，那微弱的愛情使我能正視傷痛與美麗的往事。跌落到谷底、瀕臨死亡的感覺，因你的和善與關懷，挽救我於一線之間，回到這不堪正視的人間。）

——一九八四年十月十三日於台北永和

原載《文學界》

小螞蟻（作品之二）

戰爭在小島各處進行。警察與黑道的槍戰無日無之，人們聽槍聲此起彼落，彷彿年節和拜拜的炮竹聲。年輕的匪徒無生無息地歪躺在牆角，警察宣布他是畏罪自殺，市民帶著疑惑的眼光細細端詳報紙及巨型彩色雜誌上死者的臉容。

一堆一堆的貪污案卷宗塞滿了檢查官的辦公室，庭丁又用小推車送來一大堆新舊的資料，勞累與稀薄的空氣使檢察官面無人色。電視台、報社的記者們一窩蜂衝進來，你一句、我一句，要檢察官透露貪污案高級官員的名單。檢察官腦袋裏的鑰匙，就像他辦公桌抽屜的鑰匙一樣緊密，名單上一個姓名都不會從他的齒縫中透露出來。和記者們敷衍東拉西扯一陣，記者們看出今天挖不出東西來也就散了。幾個精靈鬼咕嚕地咒罵：

「幹！不講，人家也知道。這傢伙只不過是一個道具。等新聞炒熱了，看他說不說！」

每個人都有一張桌子，檢察官的桌子不會比記者的桌子大，記者的桌子和採訪主任的桌子差不多大。和檢察官有交情的各路人馬，他們的桌子也不會比檢察官的桌子大多少。各路人馬，各顯神通，終於使採訪主任惹惱了記者。記者拉開抽屜，挑挑揀揀幾樣屬於私人的物品，不幹了。空出來的桌子，很快就被一個面黃肌瘦的新人接替使用。

金字塔大樓頂樓的豪華會議廳氣氛森嚴，星星族的族員，每個人都有一張被歲月齒輪輾過，老邁、混雜著戰火與鬥爭沉澱的烙痕。幾個衣著體面、喝過洋墨水的子姪輩也爬到與他們接近的位子，老少兩代圍著會議桌商談公事！金字塔大樓是太高了，加以有隔音設備，一牆之外，旁人聽不到他們的聲音，樓底下的庶民甚至不知道他們是哪些人？什麼時候開會？談些什麼？同樣的，也因爲金字塔大樓太高，還有隔音設備，樓下人間的聲音也傳不到他們的耳膜。他們看了太多諂媚的笑臉，甚至遺忘了人會哭泣、人會生氣。只有當他們回家發脾氣打老婆時，看到老婆涕淚縱流，才意識到人是會哭的。但哭泣與憤怒的臉，徒然更增加他們的憎惡，使他們更加暴戾。

在小島以外，遙遠、遙遠的地方，海浪滾滾波動。絕食者躺在囚室冷硬的床上，浪濤聲帶來略爲遲舊的島上的消息。一個接一個帶著血腥味、腐爛味的消息，加強了他長期絕食計畫的意志。層層的銅牆鐵壁，一道又一道的關卡，封鎖了這場監獄裏的鬥爭。絕食者用飢餓燃燒自己，用飢餓代替槍戰與一個龐大的巨人戰鬥，他的心中，火光熊熊燃燒。五年前，曾有無數的火炬，在小島南端夜間的街頭隨著黑壓壓的人羣移動。和平的火炬行伍受到鎮壓，引發一場暴亂。那夜的場景，歷歷在目，五年後，絕食者還在爲它付出代價。他用飢餓自己，喚起人們逐漸淡忘的暴亂審判。小島人們的記憶容易被痛苦剝蝕，容易讓灰塵覆蓋，他們不忍用自己的手去擦除灰塵，不忍去正視三、四十年來重複累積的痛苦景象。絕食者燃燒自己，要人們正視。然而，這遺世的小孤島是離得太遠了，監獄太森冷，海洋無垠，海水太冷，一波一波的海浪，就是繁華喧囂鬧市裏時鐘的滴答分秒，直到浪濤都要疲倦了，絕食者奄奄一息，那帶著他最早飢火中燒、有眼淚鹹味的海水才流到小島庶民的足邊。

賭徒們集中意志在牌局上。他們絞盡腦汁，把從娘胎帶來的智商發揮到極限，時時刻刻期待著大把、大把的鈔票滾滾而來，肚子裏貪慾的胃口張得大大的，等著鈔票把它填滿。他們賭得昏天暗地，一張張臉已經不像個人樣。這裏面有警員、記者、當紅的影歌星、民意代表、高官和他的妻子、商界名人。他們嗜賭，各有各的搞錢本領弄來賭本，夜以繼日賭得沒完沒了。他們很放心地賭，一點兒也不用擔心警察抓賭抓上門來，賭坊的股東裏包括了各路人馬，加上他們自己本身的各種關係。在這裏賭就好像在自己家裏玩一樣安全。李大衛報社記者的差事不幹了，想靠做場子弄一筆錢移民到美國去開餐館，大家都是老朋友，來給他捧捧場，祝他創業成功。

李大衛和黑白道上的弟兄們坐在門口的沙發上，一隻手槍在他們手上傳過去、傳過來。撫摸槍枝的感覺，亢奮而微妙。這裏面蘊藏了男性的威猛和原始的獸慾，還有一股看不見的力量能壯大自己，當和權勢者對抗時不會畏懼。牆角錄影機放著A片，裸男裸女手脚交疊，盤纏扭動，他們永不停歇地做愛，與賭徒們的戰鬥並駕齊驅。

在議場裏，不同利益集團選出來的民意代表、不同政治意識的民意代表齊聚一堂。議長高高在上，他把政客的野心和庸俗小心隱藏在學人的面貌之後。坐在這張比一般民意代表略高的位子上，高度感特殊的權力滋味盤踞了他身體的每一個細胞。肥胖的身體裏，慾火中燒，把他的腦袋都燒禿了。底下，不同立場的民意代表勾心鬥角，互相廝殺，一個個青面獠牙，齒縫和嘴角都沾滿了咬人的血漬。然而，他們舉手投足、衣冠楚楚，仍和一般紳士沒有什麼區別。他們離席走去和記者、官員私下談話時，立即恢復了平常人的臉，禮貌和笑容掩蓋了嘴角的血痕。

走出議場，王大宇律師搭車直驅他的律師事務所。他碩大的腦袋裏，平常在政壇上擅鬥的思維，這時改而爲他不同案件的當事人服務。他走進律師事務所時，已有幾個特殊的訪客在等他。他們爲他們共同的朋友「水牛」牽涉到華裔美籍作家被謀殺的案子，來此共商大計。

沒有人能從「水牛」這張臉看出他的心機。羅有成律師與他面面相望。羅有成看著「水牛」長大，「水牛」混幫派的時候，羅有成和「水牛」的爸爸都在爲生活忙得喘不過氣來。子姪輩走入歧途，羅有成痛心的程度不下於「水牛」的爸爸。但是，今天「水牛」牽涉到這樁大案子，羅有成和「水牛」的爸爸心緒之複雜眞是無以倫比。羅有成和「水牛」的爸爸有充足的理由爲「水牛」脫罪。不管同情受害作家的人怎麼說，另一股聲浪把「水牛」捧成英雄，認爲「亂臣賊子，人人可誅」，「水牛」的動機善良，値得原諒；這就是帶給羅有成無比的戰鬥力與爲他辯護。羅有成問「水牛」：

「他們逮捕你時，在你家搜到的手槍，你是從哪裏弄來的？」

「我赴美執行任務回來以後，交付我任務的官員給我的，要我帶在身上防身自衛。我在筆錄裏已經交代得很淸楚了。」

「官方什麼時候開始和你接觸？」

「四年前，他們來跟我接觸，希望我和道上人物遇有暴動和選舉時能爲他們出力，以免羣衆被反政府人士所利用。但是，我疏離已久，我對幫派已經沒有什麼影響力。」

「管訓回來以後，你做了些什麼事？」

「父母年紀已大，我對妻兒也有責任，我下定決心洗手不幹。我拒絕昔日夥伴爲我籌措開賭坊的本金，我到建築工地去做監工、做貿易、搞出版事業。我辦的雜誌奉行官方的政策。我自己也投入了大陸敵後工作的行伍。」

「對於這個案子，你還有什麼要說的？」

「從我被逮捕起，我在各單位的偵訊中已經把事情交代得很清楚。我和死者沒有私人恩怨，我沒有理由去殺他。我在自白和筆錄中已經說得很清楚，我是奉派到美國去執行任務。出去前有官員爲我們餞行，回來有官員去接機。我要求和這些官員在法庭上對質。」

羅有成和「水牛」兩人彼此凝視，誰也不知道這個案子會怎麼發展。短短的會面即將結束，羅有成關切地問「水牛」：

「我能幫你做些什麼事嗎？」

「水牛」低垂眼皮，輕緩地從嘴裏吐出字句：

「請你代我安慰我的父母親，讓他們憂心使我覺得很愧疚。」

「我會去看你父母親。」

「還有，也請你代我安慰我的妻子。就說，我很想念她。請她幫我照顧父母親，照顧好孩子。」

闖蕩江湖半輩子的硬漢，這時變得兒女情長，神色落寞，會面結束，他由獄卒陪同走回囚室。

他年輕的歲月裏，已在這相同的地道走過許多趟，在不同的牢房磨耗過數不清的日夜。他原以爲自己否極泰來，沒想到他卻栽了個大跟斗。他要翻身，他要用他所有的老本掙回他的自由。求生的本能驅使他進行一場大決鬥。父母、妻兒、手足的親情，在這與世隔絕的人間地獄裏，在他孤軍奮戰的時候，格外令他渴望親近。他使出整個生命的意志力，和一股強大的、看不見的勢力較勁。

年輕人三三兩兩散落在沙灘上。有的快樂地嬉戲，有的跌入自己的沉思。

歐陽明走在老秦、畢琦旁邊，傾聽他們兩人對台灣人的民族性格是不是在反對運動裏具有特定意義的討論。她喜歡這兩個人，用同樣的熱情喜歡他們。他們的談話總是引起她很大的興趣，激盪著她腦裏的思維。她靜靜地聆聽，不發一言，彎曲的沙灘上留下他們的足印，海浪一波接一波沖到沙灘上，在他們的足印外緣滲入沙土，廻流到大海裏。

又有幾個年輕人走來，像歐陽明一樣靜靜聆聽老秦和畢琦的討論。老秦認爲，台灣人普遍是軟弱、缺乏自覺和反省能力，容易被小利引誘，沒有方向感，缺乏戰鬥性，容易被統治者收買、駕馭，使得反對運動總是停滯不前。

畢琦不同意老秦的說法。他認爲研究反對運動，要從統治權力結構，以及民間派系結構來分析。若只是片面地從民族性、文化來探討，不容易抓到要點。

就像許多問題一樣，年輕人對這個問題沒有定論。他們只能從各種專業知識、無數的探討中，看到若隱若現的脈絡。歐陽明在他們的談話告一個段落時，獨自走到離海水最接近的地方，注視浪濤波動，傾聽浪濤低詠宇宙恆長不變的聲音。海水打在她的脚上，冰涼涼的。她望著海洋遠方，想著老普現在正在遠方小孤島的監獄裏忍受飢餓之苦，五年來幾近麻木、痛苦的感覺，從心的深處浮現。老普用飢餓自己帶來的訊息，令她驚覺到：從他被判無期徒刑後，這島上的人，包括他昔時最親密的戰友，幾乎已經遺棄了他。他們並不是有意遺棄他，只因爲他們認爲沒有能力把他從強權者那裏救回來，不知不覺中，他們遺棄了他。所有的關心和慰問無法直接傳送給他，然而經由他的家屬轉達，也不過是一些美麗的詞彙罷了。用這些詞彙去裝飾他那一無所有的囚室，陪伴著啃噬他肉身漫長的無期徒刑。

歐陽明獨自在沙灘上踟躕。遠離了市區，遠離了人羣。在這裏她有足夠的時空思考和回憶。她想起老普過去意氣風發的神采，她是他周圍跟著他一起工作的年輕人之一。中美斷交時，極右派的力量突然竄升，攫獲住羣衆驚惶、憤怒的情緒，在飛機場演出一場攻擊外國使節的場面。老普擔心他們是下一個被攻擊的目標，立刻關起服務處的門窗，要年輕人都回家，他要獨守服務處和各地保持聯絡。歐陽明不肯離去，留下來陪老普。各種奇怪的電話打進來，報社記者來求證，是不是老普已經被逮捕了？傳說，治安單位在老普家中搜到槍枝和軍警制服，這些成爲老普要搞暴動的罪名。歐陽明聽到這類電話，感到啼笑皆非。她把電話交給老普，老普要求記者追蹤謠言的來源。有的人說是在上班的機構聽到的，有的人說是在學校裏聽說的，也有就在報社裏聽說的。

老普忙著和各地人士聯絡，了解地方上的狀況。歐陽明進出服務處時，那些徘徊在門口、巷口，行跡可疑的人投給她森冷的目光。那一張張陰暗的臉龐像鬼魂害怕見到陽光，很快地閃躲到騎樓的角隅。老普風溼痛的宿疾病發，歐陽明陪他住進朋友開的醫院。他們不敢到大醫院求診，擔心大醫院的醫護人員被滲透，向老普下毒手。

他們兩人單獨相處的時間愈多，彼此感覺到有一種特殊的感情使他們愈加接近。她聆聽他過去的牢獄生活，他和當權者對抗，和不同政治立場者抗爭，她像母親一般用憂傷的眼神注視他身心的創痛。他關切她涉入這個漩渦的安危，給她忠告和叮嚀。這時，她就像他的親妹妹一般，泛著開朗的笑容注視他。他在她耳邊低語，用手指在她手心上寫字，她感受到他的熱情，給他輕輕的吻，像一個符號，讓情意凝結。

她孤獨地在遼濶的沙灘上漫步。這兒像一個熟悉的夢境，像她的前世，像她的來生，她如一粒沙在浩瀚宇宙中生存。她回首望老秦、畢琦遙遠的身影，她對他們的情愛一如對老普，深藏在心裏，看得到的只有他們併走接近的足印，以及留在過去日子裏的足印。

晚間時分，理港鎮著名徐醫師診所的二樓客廳坐滿了熱心公益的鄉民。他們邀請活躍在北部都市政治圈的年輕人來到這濱海的小鎮，期待他們帶來新知，用新的方法凝聚地方上的力量。

年輕的徐醫師和徐太太準備了上好的茗茶、點心、水果招待客人。徐老先生和徐老太太也忙著熱心款待與他們同輩、晚輩、識與不識的客人。徐家歷代世居於此，是鎮上享有清譽的望族。徐老先生雖然已邁入老年，行動已有不便，但是他對公衆事務的參與精神依然旺盛，一點兒也不輸給年輕人。鄉民們聚在一起時，他就成爲自然的領袖，大家唯他馬首是瞻。

徐老先生本身的意願，只要盡地主之誼，用主人身分發言歡迎大家光臨，隨即把自己拉到和大家同等的地位。他提議把這個聚會主席的任務交給秦先生。他雖然主張民主，談話中仍然脫不了傳統大家長的威嚴語氣，他說：

「我們請秦先生來擔任今天晚上會議的主席。一切按照民主會議程序來進行。要發言的人，先舉手。主席沒有指名的人，不可以搶著講話。我們理港人和邪惡勢力對抗的精神向來是第一等的，我們過去有過輝煌的歷史，現在也不輸給別人。除了那個當選什麼『代表』的陳老闆，是理港的敗類，惡名遠播，我們理港人絕大多數是最優秀的！」

鄉民們拍手喝采，連聲稱譽徐老先生。老先生習慣地擺擺手，有領情、也有謙虛辭謝的雙重意義，他要大家安靜下來開會。

老秦起身帶笑說：

「我的朋友都稱我『老秦』，徐老先生是老前輩，稱我秦先生，我覺得不敢當。各位可以直接叫我名字秦強，強大的強。或是像我家鄉的人一樣，叫我的小名『阿財』，發財的財。」

一陣笑聲過後，會議正式開始進行。鄉民們今天聚會主要討論的就是理港另一個名人陳老闆和邪惡勢力合夥經營的工業原料工廠排出來的廢氣、污水對理港鎮造成了很大的損害。空氣污染，學生們上課要戴口罩，居民普遍得了皮膚病。空氣和污水使農作物枯萎、收穫量降低。海岸風景被破壞了，不如往昔般的美麗，使鄉民們十分痛心。

他們討論用什麼方式向廠方、向政府機構抗議。有的說，要向廠方陳遞抗議書，限期改善廢氣、污水處理設備。有的說要到政府機關請願，要求遷廠。有的說把污水收集起來，潑到工廠大門、牆壁和他們的職員宿舍區。也有主張寫強烈口號標語牌，集合衆多鄉民到工廠門口示威，切斷工廠和外界的交通。

他們想出各種奇妙、可以發洩氣憤的點子。這些點子說出來時，會議彷彿進行餘興節目一般，令大家捧腹大笑。究竟要採用哪一種方式，大家爭議了半天，一場會議變成脫韁野馬，演變成對權勢階層的全面對抗。老秦和畢琦分別站起來分析情況，漫無邊際的討論漸漸縮小範圍，回到主題。鄉民們念念不忘給爲虎作倀的陳老闆一點顏色看看。

「『他們』給他一點甜頭，他就要把老祖宗的牌位都賣掉了！如果我們再不動聲色，不給他一點顏色看看，他連我們、連後代子孫都要賣掉了！」

徐老先生連連點頭，他對陳老闆的憎惡使得他兩道粗濃的眉毛都糾結在一起。表決的結果，通過了向廠方陳遞抗議書，限期改善廢氣、污水處理設備。他們並選出幾位鄉民成立工作組，負責籌備各項事宜。會議在深夜來臨時，在濃郁的感情氣氛中結束。鄉民們陸續向主人告辭。遠地來的年輕人被主人熱情挽留下來，住宿於此。

徐老先生還有興致和年輕人講，他沏上新茶，他的兒媳幫忙清理桌面，準備宵夜。年輕人對地方上的事物，對老人的經歷很感興趣，老少兩代熱切交談，互相挖取對方腦裏的寶藏。

徐老先生問年輕人絕食者的近況，他們如何配合絕食者？如何救援？這個問題觸到年輕人的痛處，陰霾掠過他們臉容。

「我們很難能做什麼事。」畢琦沉重地說。

「你們有沒有想到發動羣衆來聲援？」老人關切地問。

「如果我們發動羣衆，我們對自己、對羣衆都要負責。老普絕食提出的要求是，要政府實施憲政。這個要求牽涉層面太廣。老普說他要絕食到底，對政治人物而言，絕食到底只能講一次。老普提出的要求是不可能實現的，難道老普要絕食到死嗎？這是我們不願見到的事。如果他沒有達到預定目標，中途停止絕食，這種後果也是我們不願見到的。」一位年輕人說出他的看法。

「但是他已經餓了那麼多天了，就是不死，對腦部、對身體都會造成很大損傷。總是要用什麼方式來救救他呀！」

老人皺緊眉頭，焦急不安。老秦歎息說：

「自從他宣布要展開無限期絕食後，我們陪他的家人去找各方面有影響力的人，但是，毫無進展。」

「唉，被抓進去，只有認了。死一條人命，在他們看來就像踩死一隻螞蟻。唉！我看得太多啦！唉，沒有希望啦，我打拚了一輩子，現在的情況比以前更糟，以後還會更糟糕！」老人習慣性地擺擺手，連連搖頭，就像燃燒將盡的燭火，在暗夜寒風中搖曳。年輕人聽到他這番話，彷彿受到譴責，內心裏苦上加苦。

老人意識到廳裏的氣氛凝重，又為自己說的話感到惱怒，他抖擻精神，提高聲音說：

「沒有希望的是我們這些老不死的啦！你們年輕人是有希望的，到你們兒女那一代，他們更不會管老祖父那一輩之間的恩恩怨怨。等我們這些老不死的都躺進棺材，局面就會變啦！你們做你們要做的事吧！依照你們的理想去做，不要管我們這些老不死的傢伙。」

老人複雜情緒吐出來的話，更令年輕人百感交集。

「在我們看來，像老先生您這樣有風骨的人，現在已經很少了，以後恐怕愈來愈不會出現像您這樣有操守、有氣魄的人。這才是令我們感到悲哀的事。」老秦說出年輕人的心聲。

「算了，算了，一把老骨頭了，我這一輩子一事無成，什麼都沒有做好。唉，以後的路更不好走，你們都是我很愛的年輕人，我愛你們不會比愛自己的兒子少，甚至超過愛自己的兒子，你們都要保重啊！可是，唉！再怎麼說，也是沒辦法的事。這條路要不要走呢？不走，就是整天坐在家裏，或是定時上下班，也是有得苦頭吃。走上這條路，那就更不用說了。」

天快亮的時候，瞌睡襲擊每個人。徐老太太和兒媳早已爲年輕人布置好臥室，他們先去睡了。徐老先生引年輕人走上三樓、四樓、五樓。窮苦人家長大的老秦一路瀏覽建材講究、布置雅致的每個居室，忍不住對畢琦說：

「這裏面還是少了一樣東西。」

畢琦不解地問：

「少了什麼？」

「他們所擔心的，就是他們少的那種不安，現在的不安和對未來的不安。」

「難道窮人就不擔心嗎？」歐陽明反問。

「窮人也擔心啊！所以我一直不同意有人說，本地的反對運動是中產階層領導的運動，我也不同意只簡單概括說成是『窮人翻身』。」

這支年輕的、和平的部隊，走過一個又一個鄉鎮，看不完山川田園之美，享受不盡長輩的關愛，鄉民熱誠地接待。倦了，睡在長者溫暖的羽翼裏，在睡眠中呼吸著大地的氣息。老人看著他們熟睡的臉容，感傷著，他一輩子努力、抗爭，想要給子孫的東西，他到現在還沒辦法給他們。他們在什麼時候已經告別了無憂無慮的孩提年代？他們也有一顆熾熱的心，像父親年輕時那樣，像祖父年輕時那樣，去爭取他們所嚮往的東西。老人思想起伏，內心波濤洶湧。他眼淚模糊，淚水滑過他多皺紋的臉顏。淚水鹹鹹的，像海水一樣鹹。

金字塔大樓頂樓的豪華會議廳，白皮膚、黃皮膚的權貴們在「互惠」、「互加」的美稱下，雙方代表在一份文件上簽字。簽約儀式完成，衆人鼓掌互相道賀。電視台派出來的攝影記者只能拍到這些簡單的動作，至於在這幾個畫面之後，交錯複雜的網路，攝影機的鏡頭則與它們絕緣。

侍者用敏捷的動作把會議桌布置成餐桌，美酒、美食一一端來。

餐間，一位黃皮膚，但已歸化爲白人國的代表，指著桌上一顆經過廚師精巧手藝雕琢的鳳梨，用英語問坐在他旁邊地主國代表團主席：

「鳳梨是長在樹上，還是生在土裏？我的孩子有一天突然問我，我答不出來。眞的，我不知道鳳梨到底長在哪裏？你知道嗎？」

地主國代表團主席銀白頭髮，他生在這裏，長在這裏，吃了一輩子鳳梨，但是，鳳梨長在哪裏？這個問題把他難倒了。他想了想，呵呵笑，用英語說：

「啊，這個問題把我問倒了！我也不知道。」

他轉而問代表團的顧問，一個轉行改穿西裝的星星族：

「曹公，您可知，鳳梨是長在樹上，還是土裏？」

被稱爲曹公的，一邊用刀叉吃著美食，一邊漫不經心地說：

「我從來沒有注意到，鳳梨長在哪裏？大概是長在樹上吧！」

主席聽曹顧問的口氣並不確定，他再轉而問一個子姪輩：

「孫經理，你知不知道鳳梨是長在樹上，還是土裏？」

孫經理搖搖頭，繼續忙著和一位洋人交談。

主席又用他的母語問另一位子姪輩。

「陳董事長，你知不知道，鳳梨是長在樹上，還是土裏？」

「哇莫宰樣。」

主席覺得這是一個很有趣的謎題，他站起來，用大家長的慈藹風度向衆人發言，英語與本地話交叉使用。

「各位一邊用餐，一邊來猜個謎題。猜中的有獎，獎金美金十元，數額雖小，可是具有紀念性。剛才江博士問我一個問題，我答不出來。我問了幾位先生，他們也都說不知道。這個問題是：鳳梨是生長在樹上，還是生長在土裏？哪一位先生知道？」

大家聽了哄堂大笑，紛紛交頭接耳，有的說是長在樹上，有的說是像蘿蔔一樣埋在土裏。沒有人敢確定地說，主席用手指捏著十元美金在空中搖了搖，沒有人來領取，他對江博士聳聳肩，泛著和煦的笑容說：

「這實在是很有趣的笑話。我要拿這謎題去多問一些人。」

美食、美酒、台北橋下的肉粽、圓環夜市裏各種宵夜點心，還有冬天進補的狗肉；種種老普愛吃的東西，老普已把他們緊緊鎖在記憶盒裏。他把自己推到絕境裏的絕境，讓餓蟲吸他的血，吃他的細胞。餓蟲分分秒秒，日日夜夜，啃噬他每一寸血肉，他日益消瘦，形銷骨立。他僅有的，就是一身傲骨。環伺著他的人，每一雙眼睛彷彿是獵犬的眼睛，如無形的繩索，操縱著獵犬與獵物之間的遊戲。

看顧人員、長官、牛奶杯、未使用的點滴鐵架，和老普的意志對峙著。他要走往終點的路途，既簡單又艱難。只要有一個答覆，他走往終點的路就豁然改觀。然而，在這個有生命的國境裏，卻好像沒有「答覆」這個東西。這是一個惡謔的玩笑，一場競賽裏，只有競爭者，沒有對手，沒有裁判，沒有答案。

他站在窗口往下望。這件事，唯一的改變是，他被移到本島的軍方醫院頂樓。他站在這裏，彷彿站在雲端俯視人間。他心中充滿對人世的眷戀，那下面像螞蟻的人羣裏有許多他深愛的人。他從年輕到現在，二十多年的牢獄生活，不就是爲著底下那羣人嚒？他的敵人、他的朋友，都在如蟻羣的人羣裏。

這扇窗，是他們送給他最寶貴、又荒謬的禮物。

「你只能看，你永遠也不能再回去！」

他啞然失笑。如果他能長睡過去，睡到終點倒好，等待也成爲懲罰他、凌虐他的一部分。各方的壓力又如血蛭般緊緊攀附在上面，一起來吸食他的血肉。每一張親愛的笑容，每一幀回憶的畫面，是他所愛戀，這情、這愛也加深了他的痛苦。他苦笑、流淚，看著自己像一株逐漸凋萎的樹，生與死的意志如盤錯的根鬚，緊緊伸入土壤，抓著土壤不放，他的靈魂依附在大地上憩息。他闔眼，虔誠地向天主禱告，懇求天主賜給他做爲鬥士所須的意志和力量。

這就像一場夢，一場惡謔的玩笑，歐陽明站在車輛、行人來往如織的街口，把老普經由特殊管道傳送出來的信仰告白，一張張塞入等待綠燈的汽車玻璃窗裏，一張張塞入行人的手裏。像遺言般慘痛的字句，如鐵釘一支支戳入她的心臟。這竟是她爲一位極親密的朋友所做的事！她幾乎不能相信自己所做的事，不相信現實裏眞有這回事。

她以醫院爲圓心，一圈、一圈地流動，小心避開警察。她仰頭看醫院樓廈，問天上白雲，問輕風，是否捎信息給那位孤獨的病人：她來了，就在他枯瘦的脚下。人們閱讀老普的信仰告白，彷彿看一則來自異域的新聞。有的面露悲憫，有的搞不清這是怎麼回事。一位年輕人挑逗地問她：

「這個人是妳男朋友嗎？」

旋而說：

「他餓死關我什麼事？妳給我這張傳單做什麼？」

一位老太婆驚駭、憤怒地說：

「台獨！共匪的同路人！誤國誤民！死了倒好！」

老太婆一邊咒罵，一邊把傳單揉成一團丟在地上。歐陽明氣紅了臉，快步上前，撿起紙團，拉住老太婆的衣角責問她：

「您也有孩子吧？您為什麼這麼沒有同情心？」

「他自作自受。他自己不要吃飯，怪誰？」

老太婆被歐陽明堅定的態度嚇了一跳，說話的語氣變得和緩了一點。

「請您不要有成見，把他的話再想一想。您若是不同意他的觀點，也請您站在人道的立場，不要栽贓他。」

老太婆斜眼看她一下，匆匆走了。老太婆剛才的反應，像一把刀割過歐陽明的心。

她想哭，但她覺得連哭都是多餘的，一切都是枉然。老普坐二十年牢枉然，長期絕食枉然，所有的關心、討論枉然，寫傳單、印傳單、發傳單枉然！天上的白雲，拂過玻璃窗的輕風，是否也把這個訊息捎給那孤獨的病人？孤獨的人，是否還是毅然朝終點走去？

歐陽明走進醫院樓廈，在大廳間找了張空椅子坐下來，一個人呆若木雞坐了許久。背後有人喚她的名字，用手輕拍她的肩膀。她回過頭，端詳了一陣，才從這張瘦削的臉容上看出他是李大衛，常常採訪他們抗議活動的記者。正好，她皮包裏還有三張傳單，她取出來交給他。

李大衛看了看傳單內容，對她說：

「我已經離開報社了。不過，我可以幫妳拿給老同事，請他們幫忙發新聞。」

「你怎麼離開報社了？另有高就嗎？」

「唉，妳也知道，報社記者這差事眞不是人幹的。不提也罷！妳也來看病嗎？妳的氣色很不好。」

「住在這種地方，沒病也會被憋出病來！他就住在這樓上。」

歐陽明用手指指上方。

「妳要去看他嗎？可以會面嗎？」

「不可能的。他的家人想會面，都不容易看到。」

歐陽明不想多說，關切地問他：

「你呢？你來看病嗎？」

「我最近常常一陣陣心絞痛，恐怕心臟有毛病，來檢查看看。」

「是不是太勞累了？」

李大衛苦笑說：

「大概是吧！要怪自己，生活不太正常。」

本來歐陽明像洩氣的皮球，但是當看到李大衛，本能地把傳單交給他，她的精神又來了。她按照她預定的計畫進行，起身和李大衛告辭。李大衛很熱心地說：

「我今晚就去報社，請老同事發這條新聞。妳保重啊！」

歐陽明向他道謝後，轉身走向電梯。她站在貼滿病人名牌的牆前觀看。每一樓的床位都住滿了，而十樓整排是空的。十一樓也住滿了病人。醫護人員、病人、家屬忙碌地進出。歐陽明夾在人羣裏走進電梯，伸手按十樓的圓鍵。

電梯在中途幾層樓停下，經過十樓時，電梯直往上升。歐陽明愣了一下，電梯到達十一樓，有人進出，她再按一次十樓的圓鍵。但是，這次電梯下降經過十樓時仍然不停。

她匆忙在九樓，走出電梯。

歐陽明在九樓病房走廊裏來回尋找通往樓上的樓梯。她力持鎮靜，深恐被混雜在醫護人員、病人裏的監視人員揪出來，趕出醫院。一位老士官長走來問她：

「妳要找誰？」

歐陽明坦白說：

「我在找樓梯，要到樓上去。」

老士官長壓低了聲音說：

「樓梯口封起來了，誰都不能到十樓去，連這裏的醫生、護士也不能去。妳要看什麼人？」

「看一位朋友。」

「樓上沒有病人住。只住了一個犯人。妳上不去的。」

「謝謝您！」

歐陽明不想再和老士官長多說，又去搭電梯。她乘電梯到十一樓，在老普的頭頂上走來走去。她在十一樓也碰到同樣的情形。當她走向樓梯口時，被一位雜役叫住。逐漸的，幾位眼光銳利、穿著便服的人朝她靠攏。其中一位盯住她隆起的皮包，問她：

「妳帶了什麼東西？可不可以讓我看看？」

「我爲什麼要給你看我的皮包？」

歐陽明生氣地反問這位年輕人，對他的放肆無禮感到十分憎惡。這位年輕人偷偷瞧了他的夥伴們一眼，他們都對小姐的怒容感到興趣。

「我來探病，覺得很無聊，想向妳借雜誌來看看。」

歐陽明白了他一眼，在心中咒罵：「笨蛋！呆瓜！」她不會把皮包打開給他們看。傳單已經發完了，裏面是她賺生活，為翻譯社潤飾文句的稿件。即使還有傳單，即使他們強制打開她的皮包，用她攜有傳單的罪名把她帶走，她也願意跟著去。她想著，老普就要成為餓莩了，她就是跟著到衙門、下獄，又算得了什麼呢？

歐陽明被這幾個人盯住了，她走到哪裏，他們就閃閃躲躲地跟到哪裏。她離梯口很近的時候，她眞想不顧一切衝過去。他們目不轉睛地盯住她。她沒有衝向梯口，轉身繼續在老普的頭上走來走去。她知道，這不是夢。五年前的分離，這是她離老普最近的一次。這就是牆，這就是對方力量的展示。她心靜如水，走去搭電梯，離開老普，愈離愈遠。她到翻譯社去交稿，老闆論件計酬，把幾張鈔票交到她手中。

以後，歐陽明從老普家人口中得知，她去醫院的那一天，他們把老普病房的窗關上。老普把窗、把家人的口訊串聯起來，他們終於完成了一個約會。

李大衛推開採訪室的門，室裏煙霧瀰漫，和他的賭場差不多。他的老同事們集聚在一處，正聚精會神玩著拼圖的遊戲，只見他們人人自以為聰明，要把一塊一塊的圖形擺在自認為合適的地方。

李大衛把歐陽明給他的傳單，交給一位俯桌寫稿的老友，在他耳邊低聲說：

「幫個忙，把這條新聞發出去。」

這人點點頭，收下了傳單。李大衛走向玩拼圖的這一圈，採訪主任也在玩，看到他來，堆滿了笑與他打招呼：

「李老闆來了，李老闆，發財了吧！什麼時候請客呀？」

「你們在玩什麼呀？」李大衛不解地問。

玩拼圖的老友們，一邊玩，一邊解說：

「『水牛』最早留在美國的自白，應該擺在這裏。他一次、兩次的翻供，應該擺在這裏。官員的話擺在這兒。請吃飯、穿針引線的電影人士甲、電影人士乙的話，一個擺這邊，一個擺那邊。」

「不對，不對，這樣合不攏。」另一位忙著把幾個圖形打散，換成另一種組合，中間又加上「水牛」透過特殊管道弄出來的幾份自白，辯護律師羅有成、王大宇與幾位涉案人之間的關係，另外還空出幾個缺口，嘗試找其他的圖形來填補起來。

「這幾個地方接不起來呀！你們照他們的說法，勉強把它們拼湊起來，可是很牽強呀，合不攏嘛！不是這樣，是那樣。」圖形又被變換位置，東南西北，位置完全更換過來。看遊戲的人瞧瞧，又覺得有理，一邊看，一邊認眞思索。李大衛看得直發笑，說：

「你們眞是窮過癮，窮開心。有本事，也搞出個水門事件來！」

「玩玩嘛！何必認眞呢？」一位老友說。

「反正，閒著也是閒著。這是一個腦力激盪的好機會。就像打電動玩具，玩一玩。你怎麼能眞跟他們鬥？『水牛』就是不懂這道理。」另一位資深的記者說。

「想想，眞寒心。死掉的作家，以前也是幹我們這一行的。在新聞圈待得久些的人，多少跟他有往來。」採訪主任歎氣說。

「他犯了大忌。就算他已經入了外國籍，他倒底還是從這裏出去的。他不過是一個記者、一個作家，多少搞歷史的專家，把著作藏諸名山，要等兩、三代以後才讓著作出土。」喜歡看歷史小說的一位老報人論古說今，講了一大篇。拼圖遊戲仍然在他們手中進行。

李大衛像過去在此上班時，看同事下圍棋一樣，看他們玩拼圖，看了許久。他默默拿起粉筆，在旁邊牆上黑板畫下他們的拼圖全貌。然後，用粉筆在靠近黑板邊緣，一筆勾出一個大區域。

——本篇獲一九八六年吳濁流文學獎小說佳作獎，原載《文學界》

註：以「作品」爲小說篇名，第一篇發表在《文學界》第十三集（一九八五年春季號，二月出版）。

酒吧間的許偉

許偉的父親，身分證上職業欄裏寫著「國民小學」，是肄業或是畢業都沒有記清楚。照片看來，倒有點生意人的福泰。這或許是照相館打燈很亮之故，使他的面龐明朗。然而，老許本人的面容，甚至他整個人，卻籠罩著一層陰暗、衰頹。一般人在知道他是在酒吧裏混生活後，更是將對他的印象塗染了一層傳統中低下階層的卑微色澤。

老許在苦難中折騰了大半生。對日抗戰期間，他還是個年輕的小兵。多少次敵機轟炸，他從時空的縫隙撿回這條命；多少回從泥溝裏爬出來，他眼睜睜看著身旁盡是斷臂殘肢、血肉模糊的屍體。跋涉了萬水千山，逃難來到台灣。抵台後開始百姓生涯，先在餐廳打雜，之後到飯店當服務生。飯店裏待了二十年。由於工作上有時要服務洋人，日復一日地，竟也會嘰哩呱啦地說那洋涇濱的英語，說了總是令同行捧腹大笑。他說國語就有著濃重的山東腔，在台灣生長的人是聽不懂的；到了他說英語時，也帶著那濃重的山東腔。同行總是忍不住問他：洋人怎麼聽得懂你的英語呢？他瞇著眼嘿嘿笑，支支吾吾地不知在說著怎樣的說明。

他在飯店當服務生期間，積蓄了一點錢。這不是他從正薪裏省下來的，那一點正薪是連養活他的家眷都不夠。他利用服侍洋人的機會，請他們向美軍人員買些藥品、日用品等原裝美國貨，聚集起來賣給做黑市的商人。他總是盯著洋人隨身攜帶的手錶、領針、袖釦、照相機……，轉彎抹角地用話逗著、逗著，賺了不少這些洋貨做爲他服務的酬勞。他得到這些東西，從來不留著自己用，全部都以兩、三倍價錢賣出去（當然是賣給那些愛洋貨的中國人）。這就是他幾十年來的生財養家之道，也是一筆小小儲蓄的由來。越戰打起來後，幾乎每天都有一艘艘軍船滿載著洋兵來台度假，基隆港突然繁鬧了。港口邊那些破爛的酒吧每天擠進擠出的都是送財來的洋鬼子們。會說幾句洋文的人，看著吧業這般茂盛的景觀，三三兩兩湊在一起，策畫著開設這種利潤豐厚的事業。老許就是在那時給朋友拉上，成爲一家新酒吧的股東之一。酒吧也像別的行業一樣，由幾個股東出資，各人在店裏負責一項工作，看在月尾分股息的份上，拚命工作，把生意做起來。通常一個酒吧有十股，每股三萬到五萬。老許在那家酒吧佔了三股，把全部積蓄投資進去。託了越戰的福，——這是很殘忍的，戰場上每天不知有多少人喪生——老許在越戰時期賺來了一幢小公寓，總算一家九口有了安身處。如果說，以後老許命運之改變，是應了常言道：「錢來得快，去得快」，也是說不通的。老婆一場病把這幢公寓報銷了。老婆患的是子宮癌。醫學界至今尙找不出癌症的起因（或有說，貧家婦女生子太多，罹患子宮癌比率高）。老婆從病至死，也差不多是越戰的尾聲。老許公寓沒有了，尙餘些錢。那時，基隆的酒吧生意走下坡了。台北這裏，卻因爲還有些駐台美軍和觀光客，生意尙好。老許他的那些眼明、腦筋轉得快的夥伴，很快就在台北覓了新址，拉他轉移陣地。這些年來在酒吧裏討生活，看了多少洋人的跋扈，欺凌本國女子，他自己生爲堂堂男子漢，也不知受了多少洋人的侮辱。就是有家累啊，這裏的日子不好過，離開它又找不到可以維持一家開銷的工作，就這樣一天一天混下去。把七個孩子一個個從小學升上初中、高中。三個大的女兒很快就嫁出去，沒有一個嫁給富人。她們要維持自己的小家庭尙且不易，更沒有多餘的能力來承擔娘家的擔子。長子許偉放棄唸大學，提前入伍。退伍回來就忙著找事做。

許偉是個敏感、內向的男孩，個子瘦長。在他還是中學生時，他已發展了他的個性，他沉默、倔強。貧窮的陰影盤踞著他，變爲噬食他心靈的羞愧感。他知道，父親是受難者，一人承擔著全家人的生計。他深愛父親。但是，每次當他有事去吧館看父親，他總是很快地匆匆離去。他知道吧館的組成、裝潢，他看到許多和善、世故的女子們在這裏做客人、等客人。他從來沒有再深層地思考吧館的涵義。他幾乎沒有勇氣面對酒吧這個事實，他幾乎不能全然地面對、接受父親在酒吧工作的事實。那種被人稱爲靠女人吃飯、烏龜、拉皮條……的事實。每次來酒吧，他總是很快地離去。難道是爲了維護個人的自尊、淸白而表示與它無關嗎？他不免爲了這潛意識，責備自己多麼自私、卑下、虛僞。但是，另一個目標在吸引他，一個他的生活的原則。他忍受著心靈的折磨。他與姐姐們都沒有能力幫助父親承擔生活的擔子，他卻從來沒有偷懶過，沒有放蕩過，他是時時地在刻苦，朝著遠景走去，中學時，他就開始利用課餘時間當送貨工人。寒暑假到工地做臨時工，挑磚、掘土，任烈日曝曬，任寒流侵襲，任地下水噴濺溼了全身。他從來沒有荒怠過。但是，要到哪一天他才能扛過父親肩上的擔子呢？房租、生活費、弟妹們的教育費、醫藥費、親友間的應酬，一個月要一萬多塊。這樣做下去，他實在不知哪一天才能讓父親享有一個心安愉快的日子？他們做子女的，就是這樣羞愧著過了許多年，忍心看著父親待在那樣的場所裏。甚至，有幾次，父親在極窘困、需要幫助時，許偉仍狠硬著心腸，拒絕涉入那裏實際的工作。直至這一回，眼見父親車禍病危，他才改變了意志。

夏日的午後，許偉爲了新工作的需要，申請戶口謄本，來到吧館向父親拿取圖章。午後生意尙未開始，廳裏陰暗暗的，有幾位女子頭仰靠著沙發背，閉目養神。調酒員正在吧枱裏洗杯子。她看見許偉，慌忙對他說：

「我們正在等廖先生來上班，要他去你家找你，你父親被摩托車撞到了，住在馬偕醫院。」

許偉被烈日曬得發昏的頭，突然像挨了一棒，整個人發空，他驚愕睜大了眼，結結巴巴地說：

「怎麼，怎麼回事？傷得怎麼樣？」

「你父親上午去公賣局買酒，走出店門不遠，就在前條路的轉彎口，被摩托車撞到。」

「他還在急診室嗎？或是已經轉到病房了？」

「轉到病房了。」

「我現在去看他。」

「你要不要跟會計拿點錢帶去？住院總是需要花錢的。」

許偉窘困地點點頭。他身上只有幾張零票。錢，這時給他一個極鮮明的印象。生活多麼現實！縱然自己有堅硬的骨氣，到了這個性命交關的節骨眼上，骨氣比錢值多重的份量？

往醫院的路上，許偉整個人糾雜著焦慮、愁困、向命運憤怒抗議的情緒。這條繁華、高級的商業大道，都市高度的資金與技術的組織，他沾不上邊。幾步路一家奢侈的享樂場所更與他無緣。屬於他的是父親的傷勢、家庭的生計，鮮明、沉重地壓著他。

當看見醫院時，它的醫務設備給許偉一點安慰和安定的力量。人類文明的福祉畢竟是會惠澤人們的，這些醫藥科技可以挽救人生理上的疾病和傷殘。他輕輕歎了一口氣：勇敢地面對事實吧，打起精神來，盡力為父親籌醫療費，只要有錢付給醫院，就把所有的希望寄託在醫生身上。

父親躺在床上，他陷入昏迷狀態。許偉驚駭地聯想到，這模樣與作古也只是一線之隔啊。父親衰老、黝黑的面龐歷現著他苦難的一生。幾十年來，他們一家人就是由父親所受的屈侮換來的生活。為什麼一個這樣憨直的人，承擔這麼沉重的擔子？到這時，許偉再不能用那些個人的自尊、原則阻隔父子之間的一切。就在這一刻，他完全放棄了過去的態度，毅然地與父親的命運相結合，實踐了多少年來，他不曾做到的，那空洞的、遙遠的願望：他從父親的肩上扛過來他們的擔子。

老許的工作是從黃昏時，開始在離吧館門口不遠的街口站著，偶爾來回做著短距離的走動。他仔細看著往來行人，當發現遠處有個洋人朝這個方向走來時，洋人尚未看到他，他已在肚子裏打好腹稿：先生，從哪一國來的？需要喝一杯飲料嗎？有可愛、美麗的小姐做伴，飲料只要三十塊台幣，如果你喜歡哪個小姐，可以帶她出去……。有時，洋人在老許向他搭訕的第一句話「哈囉」時，就一臉鄙視模樣，加快步子走開。有的甚至憎惡地罵他：「不要碰我！」當老許碰到神態尙溫和的洋人，雖然人家不理他，直往前走，他仍用跑地追上去，拉著洋人的手臂，不住地用他那洋涇濱英語向洋人諂媚。最後一招，只得說：帶小姐睡覺多麼便宜。他主要是拉白人。因爲恐怕店裏有黑人，會令白人止步。在生意實在清淡時，他也得拉拉黑人，親熱地拍黑人肩膀，笑著說：「哈囉，兄弟」。老許把客人拉進了酒吧，就交給裏面的廖先生，由廖先生安排小姐去做客。許偉涉入這工作的第一天下午，他極不自在地在街口徘徊了近兩個鐘頭，根本沒有勇氣，啓不了口，動不了手去拉過往的洋人。他這時才發覺，在這個階層裏，連拉客人的工作都不容易勝任。他於是想起來，多少次，看見父親走累了，蹲在街邊底下休息。多少個寒夜裏，父親裹著舊大衣，縮著肩，雙手環抱著，在寒風中來回踱步，眼睛盯著行人。還有多少次，被冷漠的行人碰釘子，轉身時苦笑，做個莫可奈何的鬼臉，聳聳肩，就這樣敷衍過了方才所受的恥辱。這許多日子裏，滿塞著他做這行業的屈辱，但他卻是吧館裏那些等著做生意的女子們希望的寄託。她們期待他拉來好客人，讓她們賺錢。間接的，清潔工、調酒員、會計的收入也是由他拉客人而起。連每個月房東按時來收房租，那厚厚一疊的一萬塊錢，不也就是從他拉客而始嗎？許偉不會拉客人，只得走回吧館。他開門時，許多雙眼望著他，顯然，當她們看清只是他一個人進來時，都失望了。許偉與廖先生商議，讓他在裏面做，換廖先生去拉客。他說這番話時，臉顏窘得燥熱。

廖先生帶來兩位年輕的洋人。他在門口招呼著：

「許偉，給客人找位子坐，介紹小姐，問客人要喝什麼飲料？」

許偉努力從腦裏搜索英文會話的字句，同時環視坐在休息位上的小姐們，一時不知該決定由誰去做這兩位客人？他急急上前，把客人引到座位去。他的英文會話不流利，只得勉強用手勢指著座位請客人坐。然後轉身向小姐們喚道：

「哪兩位來做客？」

小姐們推來推去。許偉跑到她們面前，他對朱莉和費雯較面熟，知道她們兩人資歷最久，英語流利，又會做客，就央求她們來做客。兩位小姐極不情願。朱莉說：

「唉呀，怎麼要我做這臭ＧＩ（駐台美軍），又窮，又沒修養，又老油條，妳們看著吧，準是白陪他坐，沒有大酒。」

「拜託，拜託，請妳們去問問客人要喝什麼？」

兩位小姐無可奈何地走過去。問了酒，來到吧枱告訴調酒員。調酒員做酒，她們各人端一杯去給客人。就揀客人旁邊的位置坐下。許偉倚著吧枱底端角落站著，眼望著朱莉他們那一桌。洋人摟著朱莉亂摸，臉膩著她的臉，朱莉打洋人的手，斜眼憎厭地看他。這洋人就扳下面孔，對朱莉揮揮手，要她走開。朱莉起身走來，一路上罵著：

「死人！臭ＧＩ，誰稀罕跟你坐！」

以一般酒吧作業情況來說，小姐做客人這樣沒有耐性，不會主動向客人撒嬌、用功夫，是會被厲害的老闆罵的。但是，許偉看在眼裏，心向著小姐。是啊，臭ＧＩ窮神氣什麼？不過喝著三十塊台幣的飲料就對小姐毛手毛脚，小姐不依，還趕人家走。許偉心裏氣憤，他眞想出個規條給客人，若是不買小姐大酒，買得不多，就讓他們獨自喝，不要讓小姐過去做。但是，他知道，這是行不通的。許多大酒的賺來都是小姐先犧牲，被客人吃盡豆腐，才討到。小姐們賺大酒錢，積少成多，一杯大酒八十元，小姐賺一半。五天領一次薪，有時生意好的，單是大酒就可賺到一、兩千元。愈老練的小姐，錢愈賺得多。愈老實的小姐，有時五天來，一杯大酒也討不到。

朱莉回到休息座位上。許偉問別的小姐，誰願意去做？沒有一個人應。許偉想讓小姐們自由選擇，都不願做就算了。可是，歡場裏有這種現象，結伴來的，如果其一沒有女伴，兩人很快就結帳離去，換一家，各人再叫小姐。這樣，客人就「跑」了，被別家殷勤招待給留下來。許偉只得央求一位小姐快些過去做客。小姐們推來推去，最後才由那位最老實的小姐，出來上班不久的琳達過去做客。

琳達剛從一個程度不錯的高中畢業。沒有考上大學，找不到事，就來酒吧上班。她還不太會說英語。她做只憑著她的善良、柔和的笑容，乖順的神態吸引客人，客人買酒給她，多是出於施捨性質。她總是找各樣的藉口，推卻出場，只賺著大酒錢。她存著一杯杯酒錢，一個月下來也可以賺到三、四千元。琳達陪這個洋人坐了一會兒，悄悄走來對許偉說：

「這個客人要帶小姐過夜，可是，我，我今天有月信，不能出場，請你替他介紹別的小姐。」

第一次接到這樣赤裸裸的交易任務，許偉眞覺得如同跌落萬刀尖山。他勉爲其難地對琳達說：

「妳去問問別的小姐，看誰願意去？」

琳達走去與小姐們耳語。有的嗤之以鼻，說：

「GI最討厭！誰要跟他去！」

她們推托了一陣，最後，有吃迷幻藥習慣的芳芳昂然站起，她坦然地說：

「妳們都不去，我做犧牲吧。」

她年輕、還帶稚氣的臉，毫無忌諱。她一步步走向洋人，接近洋人時，她高揚了聲音與他們打招呼。洋人抬起臉，花了幾秒鐘時間打量她，看她的相貌、身段都屬中等以上，就欣然拉她，摟進懷裏。兩位洋人各塞給小姐二十塊美金，她們拿著錢來付帳。許偉低垂了眼皮。這個場所，交易是這樣赤裸裸啊，哪裏是一般人能想像得到。小姐們取了皮包，與客人挽手走出酒吧。朱莉冷冷地說：

「這一去，要到明天才能脫身。GI最油條，是不肯Short Time〔短時間〕，也不會再給小費。」

「只有妳這麼嬌貴的小姐才不會做GI。有些人還是肯做的。出場可以拿到四百元，若是只靠在這裏喝大酒，四百塊得喝多少杯？芳芳每當迷幻藥癮一發，什麼上班都忘記了，平常賺錢不夠用。費雯要養孩子，每個月要固定送錢回家。碰到有賺錢的機會，她都不放過。」

許偉落在極痛苦的情緒裏。爲什麼要賣身來換取生活呢？爲什麼維持一個基本生存是這樣的困難？他雖然已經由於眼見父親病危的樣子而改變心意，來店裏幫忙——這不是一、兩天的事；他卻怎麼樣也不能停止思想的衝突、掙扎及良心的譴責。

「我要在這個環境裏打出一條路來，讓女子們保有尊嚴，萬一生意受到影響，只求能維持基本開銷。我要以女子們的尊嚴、意志爲主。絕不爲了店裏的利益而苛求她們做她們不願意的事。」

他細細想著生意上各種枝節問題。若是做純喝飲料，生意是做不起來的。酒吧靠小姐留住客人。小姐靠客人買大酒，帶出場賺錢。小姐們的底薪極低，只有一、兩千元。這一、兩千元發給小姐們也是從客人的消費上撥出來。如果沒有女色，純喝酒的客人是很少的，收入絕不夠店裏上上下下的開銷。小姐們既然已落到這個場所，有負擔驅策她們來這裏賺錢，通常小姐們賺錢的目標又大，都不喜歡應付求歡客，一方面又需要從客人身上賺到錢；搜索枯腸，最後只有用「詐」一條辦法了。把客人騙出場，到了外面想辦法把他甩掉。許偉決定在這方面支持小姐們。這是一個大膽的突破；一般歡場，只要求小姐們好好服侍客人。

秀英出場近三個鐘頭，臉色蒼白氣呼呼地跑回來。同事們看她這神色，就知道她這次出場起了風波。女友紛紛圍著她探問：

「怎麼了？」

「鬼子差一點要打我！」

「怎麼了？」

「我們講好去士官俱樂部跳舞，我當然知道他別有企圖，但是，他既然說是帶我去跳舞，我也就捉住這把柄。跳完舞，我們離開俱樂部。他要我跟他去他住的地方，我不肯，我要自己搭車回家。他拉著我，不讓我走，用力拉我的手臂，抓得我好痛。我們就在俱樂部門口的路邊吵起來。他差一點要打我，幸好一位司機來幫我的忙，不准他打，他才放下手。他很不甘心，臨走時說，要來找我麻煩。眞是氣死人！這個缺德鬼跳舞的時候又親又摸，我被他羞辱至極！賺他這一點錢眞是划不來！」

他們一堆人正這樣談著，門開了，走進來一位神氣活現的洋人。秀英尚未警覺到躲閃，已被前來的洋人兇猛拉住。秀英氣憤地吼叫：

「放手！」

「妳下賤！」

許偉一個上前，握緊拳頭放在洋人臉前，他狠狠瞪著洋人。洋人轉移鄙視的對象，放開秀英。大家還未及看清楚時，許偉腹上吃了幾拳洋人的拳頭。許偉抱著腹，忍不住痛苦。突然，他敏捷、狠烈地攻擊洋人。整個吧館裏凝聚著緊張、惶駭的空氣。有一位小姐匆匆跑出去，到街口拉廖先生回來。廳裏幾個客人看了一陣毆打，急忙付了帳離開。廖先生來，費了好大勁才把兩人拉開。許偉佔了優勢，洋人頹敗遁走。邊走邊用英語罵出最卑下、骯髒的字眼。許偉被衆人勸著，坐在一張小沙發上。他非常地激動，與平常穩重文靜的他大大地不同。

女子們紛紛向許偉問候。秀英覺得過意不去，挨在許偉身邊慰問他。他們之間顯得很親切，血氣相通，互相關懷，深深感動著。許偉的思緒紊亂。他不後悔打那洋人，也不傷心被對方先揍了，只是很覺荒涼，他與這些女子所以會受到這種侮辱，也是本身的條件使然，如果不做這種巴結洋人的色情生意，怎麼會與洋人沾上關係？繼而又追想他與這些女子們的生活背景，不由得連連搖頭歎氣。

生活非常地沉悶。一天開張後，就是爲著應酬上門的客人，什麼三教九流的鬼子都要招呼。許偉愈來愈了解店裏小姐們的身世和個性，眼睜睜看著她們在這個環境裏愈陷愈深，覺得異常苦惱。這些小姐們，一方面憎厭這個工作，不愛應付客人，時常憂慮賺錢不夠開銷，卻又受著都市物質文明的引誘，追趕時髦，添衣服、化粧品、首飾，把大量的花費當做排解愁悶的消遣。又不願意做客，又浪費成習慣，眞是掉在泥沼裏愈陷愈深。而她們似乎逃避思考前途的問題，不敢面對現實，只在過一天是一天，悄悄期待著遇到一位商賈富人、英俊才子來一把將她們拉起，相偕遠走高飛離開這個環境。許多小姐等不到理想的結婚對象，退而求其次，就與經濟條件不錯的已婚者同居。也是過一天是一天，沒有遠景。許偉看出了她們的問題，很想給她們一些忠告，他接近她們，安慰她們愁苦的心境；給她們警告，爲她們提供一個美好的遠景，向她們解說痛苦的由來。她們回報給他的是感謝和世故女子的溫暖，卻搖頭歎息，說他只是一個幻想家，空口說理論，說他的理想在現實中是不能實現。許偉與她們相處一段時間後，發覺他對她們任何一個人，一點好的影響都沒有。芳芳仍然吃迷幻藥，藥性發作的時候又哭又鬧，肌肉僵硬了，眼光呆滯，只是眼淚鼻涕縱流，躲在牆角呼喚媽媽。幾個月之中，店裏的小姐們出了好幾椿悲劇，一位山地小姐吃安眠藥自殺獲救。一位上班不久的小姐染上了淋病。三位小姐連接拿小孩。連原來最和善、純良的琳達，脾氣也變了，與剛來時大大地不同。她很容易就與客人吵架，隨時好像神經緊張，承受不了一點打擊，有一點精神不正常的趨向。許偉也是變得精神不平衡。他和這些女子們都是心理上、思想上有著太多衝突、掙扎、跳不出桎梏。

父親還住在醫院裏。許偉時常想，這種非人生活眞是不能過，如果能得到一筆錢做爲退股的補償，做別的小生意的本錢，縱然要冒險，好歹也試試看能不能闖出一條路來。但是沒有人願意買股。現在台北的吧業凋落了，代之而起的是經過百萬元投資、裝潢，以觀光客爲對象的酒店、餐館。自從尼克森訪問中國大陸後，駐台美軍一批批撤走。原來以美軍爲對象的吧館如今都是透支、不能維持的景況。那老許投資在吧館的錢，就是連貼在牆上的裝潢，也割不下來，帶不走，眼看僅有的儲蓄就泡湯了，又殺不出別的生路，擺在眼前的是三餐飯等著開，老許的醫療費等著付。許偉總是悶坐在櫃枱後，困惑著：日子怎麼愈過愈可怕？原來努力想要幫助女子們減輕痛苦，尊重她們個人意志去做客，結果是留不住客人，生意愈來愈壞。幾個以前常來的老油條，許偉看不過他們調戲、作弄小姐，斥喝他們，轟他們走，他們不來了，甚至散播壞話，把他們的同事、朋友也拉走了，生意壞了，隔幾天就有一位小姐在二樓整理行李，抬著大包小包下樓，經過廳裏櫃枱之前與許偉告別：

「許偉，我們知道你很照顧我們，爲我們設想，我們也很願意給店裏幫忙，可是店裏生意愈來愈不好，我已經兩次領薪沒有領到錢，大酒沒有，出場也沒有。我是有經濟負擔的，我不能沒有賺錢，不能這樣一天天等下去，所以要換個地方上班。很謝謝你的照顧。以後看看店裏生意會不會好轉，我再回來上班。」

離去的小姐，有的到基隆去做商船客人的生意。有的和飯店聯繫做應召。有的轉到那些經過大投資的酒店。她們時而回來這裏找舊友聊天，訴說新工作上的苦楚。基隆的洋商船都是常來台灣的老客人、老油條，很會與小姐計算，吃定了小姐們靠出場賺錢，就是不給小費。做飯店應召的，等於標明了要幹那件事，毫無商量餘地，不可能拐客人出去，把他甩掉；除非她以後不想再靠飯店服務生的關係做生意。大牌的酒店把小姐剋得死死的。不會討大酒的小姐，老闆立刻要她離開正做的客人，換別的小姐去做。客人不帶出場，老闆罵小姐。帶出場，客人不再來光顧，老闆向小姐追究責任，認爲她沒有把客人服侍好。老闆規定，每個小姐有十次做客機會，要拉住至少四個客人，不然就要把她淘汰。但是大牌的酒店裝潢高級，吸引了高級的觀光客，這是淘金場所，條件好的小姐都往這裏聚集，寧願忍受老闆苛刻，也不願回到那爲了維護她們自尊，讓她們自由行動的許偉的店來坐冷板櫈。許偉聽著她們的話，眞是灰心。理想、抱負、待人處事之道，在這裏有何價值？對這些受凌辱的婦女能發揮什麼效用？

這個客人是從美軍退伍，加入中美政府合作探勘台灣沿海石油的工程船上工作。他以前來過幾次都挑三揀四，嫌小姐不合他胃口而沒有帶小姐出場。這天下午他又來了。站在吧枱前調戲琳達。琳達馬上變得氣洶洶的，準備發火。他卻笑嘻嘻端了酒走開，揀了張沙發坐。他坐下後，仔細瀏覽店裏的每一位小姐，好像走到皮鞋店在挑皮鞋似地。最後，他的眼光盯著沙莉身上。洋人向許偉揮手，許偉走去。

「我要那一個。」

他指著沙莉。許偉於是請沙莉過來。他們談不多久，沙莉就拿錢來付出場。出門時，洋人極親熱地摟著沙莉的腰。約兩個鐘頭後，洋人單獨從前門來。沙莉偷偷從後門蹓進來，找人對許偉說，絕不要答應客人退費。許偉楞住了，又是一樁棘手的事。洋人把他喚到一邊，與他說話，挺著胸擺出紳士模樣。

「你們的小姐，沙莉，她失信，不肯陪我過夜，我要求退費。」

許偉憎厭地看他，他要先到後面聽聽沙莉講他們剛才的情況。他請一位小姐陪洋人坐。許偉推後門上二樓，敲沙莉的房門，門沒有關，沙莉不在。過一會兒，沙莉從公用浴室走出來，她臉上仍是濃粧，只拿著小毛巾和小盥洗盆，許偉直覺想到她是做X部沖洗。他問她與洋人在一起的情形。沙莉忿忿地說：

「這鬼子眞可惡！眞可怕！一去他房間，他就要搞，動作粗魯、惡劣，搞了還要再搞，我若是跟他過夜，不知要被他折磨成什麼樣！這混蛋，我要回來，他不讓我走，我一定要回來，他就追著來要退費！別退給他！」

許偉聽著，全身熱血沸騰，咒罵著：

「該殺千刀斬萬刀的鬼子！」

他奔跑衝下樓，跑到洋人面前，猛地把他從沙發上拉起，狠狠地痛揍他，邊揍邊罵：

「你們這些禽獸！欺侮人還欺侮得不夠嗎！今天非給你顏色看，不然還被你們當做綿羊、哈巴狗支使、蹂躪！」

許偉像一隻狂怒的猛獅。他使出全身力量，把他、他的父親、姐妹們受過的侮辱全化做憤怒的力量集中在拳頭上，賞給這個下賤的鬼子！這個拿美金吃人、砸人的鬼，這個平日神氣活現，盡會輕視、調戲、欺凌中國人的鬼！到這時碰到硬手，卻變得畏畏縮縮，一點反擊的本事都沒有，只是抱著頭挨打。

廖先生又被小姐拉進來了。廖先生看見鬼子動也不動地蜷伏在地上，任許偉拳打脚踢，他嚇慌了，拚命拉住許偉，勸說著：

「不要再打了，不要再打了，萬一打死了，可麻煩大了，他是美國人，好惹的嗎？」

「怕什麼？又不是我沒事做找他打架，是他欺人太甚！走到哪裏講，我們都有理！就是打他個死，總算是我們不受凌辱而反抗，總比做懦夫一而再、再而三被人欺侮來得強！」

廖先生已是上了年紀的人，特地從衣口袋裏掏出老花眼鏡戴上，緊張地蹲下檢視洋鬼子。看他還在呼吸，手脚也會動，就大大地放心。慌忙把洋人扛起來，拖出吧館，喚了輛計程車把他塞進去。

許偉還是火氣大，追趕著吼：

「滾！滾！滾回你的老窩！別在這裏作威作福！滾蛋！滾蛋！你們這些洋鬼子！」

廖先生回到吧館，滿面憂愁地對許偉說：

「許偉啊，你是來幫忙的，是爲你爸爸幫忙，也是爲我們這個店幫忙，你看看，你不是愈幫愈忙嗎？出了多少事，嚇跑了多少客人！」

「廖伯伯，」

許偉嚴正地說：

「我不認爲我做錯了。肚子餓，要吃飯，可是做人的志氣不可短，我怎麼能看見小姐被凌辱而無動於衷呢！與其這樣一天天混著，受侮辱，沒遠景，倒不如把氣都發出來，揍揍這些鬼子，讓他們知道我們可不是好欺侮的。萬一眞是把生意搞垮了，——唉，廖伯伯，這個生意是再撐不了多久啦，你不要再存幻想它會再重獲生機。它既然要垮，就讓它垮吧。我要去勸我爸爸，股金撈不回來，也死心了吧。另闢生路。我看，廖伯伯，您自己也早做打算吧。我跟許多小姐談過這個問題，可是，沒辦法，有太多外在的因素牽制著她們。今天就算酒吧全關門了，還有數不清的應召站、餐館、舞廳、酒家、理髮院、按摩院，哪裏可以賣色賣身讓她們賺錢、生存，她們就往哪裏去。除非所有的色情場所連根拔掉——連根拔掉，何時可能？我有心幫助她們，可是我個人的力量微弱，幫不了她們。我自己卻在精神崩潰的邊緣，我不得不暫時離開這個場所，我考慮許久，決定要離開這裏。」

許偉把他的衣物塞進行李袋。環視這間又舊又髒的小閣樓，不由得聯想起這幾個月裏所經歷過的事。四面八方來的女子們帶來了她們各人的故事，故事之淒慘是連那些專愛杜撰故事的人也編造不出來。但對於她們，卻是活生生的，從過去推演到今天，還在她們面前鋪展下去。許偉很久以來就不是一個能被冠冕堂皇者用謊言籠絡的人，在活生生的現實裏，根本不容那些說謊家粉飾掩蓋。許偉也不能學著那些既得利益者，自私地漠視他人的痛苦，為眼前的利益、為個人的前途，絞盡心思鞏固他的防衛。他不能學著那些自私的人，厚起臉皮當睜眼的瞎子，絕不承認事實裏有這些黑暗——這些無盡的痛苦、這些掙扎不出來的沉淪。如果他狠下心，忘卻這一切不去關心，那麼，這些人物事跡就埋沒在這幽暗的角落裏，繼續暗暗滋長。那麼，許偉就丟掉了一個包袱，只要去揀一些輕鬆的題材，像那些無廉恥的僞君子一樣：不是可以過得簡便、輕鬆嗎？那些僞君子還高昂地爲自己標價，自認是社會的引導、人們的榜樣，許偉卻是絕不能蒙按住他的意識，盲目步上他們的後塵。

「我所歷練過的，就是我信心的來源。謊言是太微弱無力，謊言不能使我迷失方向，我不被謊言所惑，我也不靠謊言做爲痲痺痛苦的藥劑。我受過的屈辱、痛苦，就是我再生的力量！」

許偉扛著行李袋離開吧館，走到對街去等搭巴士。他還看前方的吧館，那只是個小小的建築物，年代久了，顯得殘舊。他忍不住驚駭：就在這個小地方，待了幾個月，竟然像走了一趟地獄似的。但是，當許偉環視旁邊新穎的樓廈，那些巍峨的觀光飯店，那些玲瓏的餐館、酒店，剝去了它們炫麗的外衣，裏面便是腐敗。他不禁深深歎了一口氣，想著，生存在這個時代的青年們眞是任重道遠啊！

——原載《夏潮》雜誌

貓女

男主人在世的時候，是不會有這種事情發生的。雖然，他是社會名人，他的影響力深入財經、政治界，他對權力的慾望和對女人的慾望有著同樣大的胃口，至死追逐不休；他卻是一個標準的「PTT」（怕太太）。一方面是「PTT」，同時謹守名人慣常對社會大衆表現出伉儷情深的形象，不管是記者來訪、政界人士帶著薄薄的幾張方案圖表來向他打秋風募款，或是低下的人想往上爬巴結他……他一定記得擺出尊重妻子的樣子。他對妻子的寵物——那隻貴族貓「寶麗」毫無好感，牠掙脫妻子懷抱，跑跳到他足邊繞來繞去令他心煩，他耐著性子請秘書葛琴玉小姐把貓抱走。葛小姐很順從地，用她年輕柔嫩的雙手敏捷地把貓抱起來，交給夏太太時，討夏太太歡心摸了摸貓的小臉。葛小姐其實並不喜歡貓，那綠色的眼睛就像是她童年害怕的鬼眼睛，而且她總是恐懼著不知什麼時候牠突然伸出尖銳的爪子抓傷她。

現在的情形卻完全不一樣了。大大小小的貓，佔據了男主人生前工作、待客的桌椅，尤其是「寶麗」，牠慵懶地躺在豪華型辦公桌上，根本沒有人想到把牠抱走、趕下桌來。夏太太還深陷在喪夫的悲傷裏，卻要打起精神來掌理亡夫留下來的一大堆事務，接待各方來客。對處理這些事，她常常感到不知所措，只好依賴秘書葛小姐和她的一些社交界女友。每一件事都令夏太太感到煩躁不滿。她交代葛小姐做的事，幾乎沒有一件讓她滿意。她一再要求葛小姐修正再做，她的那些社交界女友對她幾乎幫不上忙，她們談著談著，話題不知何時轉到房地產生意、珠寶、時裝、吃食……上面去了。

天黑的時候，好不容易來訪的人都走了，屋裏只剩下夏太太和葛小姐，以及一大堆貓。夏太太哭喪著臉，斜躺在長沙發上。葛小姐收拾她的辦公桌，準備下班回家。屋裏昏暗，兩個女人都沒想到把大燈打開。以前，葛小姐為夏先生工作時，很少有這樣晚才下班。她心裏不痛快——和夏太太一起工作不愉快；晚下班也令她不愉快。她嬌小的體態裏面好像有一個小火山隱隱地在冒煙，而她清瘦略呈蒼白的臉還勉強維持著平靜的神情。她匆匆收拾桌面，兩隻脚急著要飛奔出去。

夏太太細聲帶著懊惱問葛小姐：

「為什麼找不到一個好廚師呢？夏先生走了，連廚師也不把我的話當一回事。新來的廚師好大的脾氣，菜又燒得不好，那種菜怎麼端得出來招待客人？沒有一個好廚師是不行的，我還要替夏先生把門面撐起來。廚師的事，請妳儘快去找一位手藝好的。」

「寶麗」從大桌上縱身跳躍下來，夏太太伸出手把牠抱在懷裏，直唸著：

「寶麗，可憐的寶麗，哎喲，快變成野貓了，怎麼變得這麼瘦！這麼醜！」

夏太太哼哼唉唉地唸著。葛小姐肚子裏的火山冒出火焰，直沖到她的兩頰透紅。她冷冷地對夏太太說：

「廚師的事，妳自己去找，我實在不知道怎樣的人才合妳意。我找來的人，妳不合意辭掉，變成我欠人家人情。」

夏太太楞住了，緩緩坐直身子，順手扭開壁上電燈開關，室內大亮。丈夫在的時候，她不管事，葛小姐對她一向畢恭畢敬，從來沒有像今天這種態度對她，也從來沒有用這種口氣和夏先生說話，夏先生一死，就變了。她不容許任何人損傷她的威嚴，她甚至要比夏先生還要有威嚴，她用堅定但仍然柔和的語氣對葛小姐說：

「葛小姐，明天妳來上班，先不要管別的事，先去找一位手藝好的廚師。」

「寶麗」掙脫夏太太懷抱，在屋裏竄來竄去，一副本能的抓老鼠姿態；雖然這屋裏連老鼠影子都沒有。牠來到葛小姐足邊，伸出利爪抓葛小姐的鞋面，她又驚又怒，眞想一脚把「寶麗」踢開。但她沒有忘記，這隻貓是夏太太的寵物，只好忍著脾氣任「寶麗」在她足邊嬉戲。她提起皮包，回夏太太的話：

「妳原來交代我的事，交給誰做呢？」

「請湯先生做吧！」

「但是，婦女健康協會打出的標語是這個協會從籌組到推動全部由女性來做，第一次聯絡工作就由湯先生來做，妳認爲妥當嗎？」

「那，……我自己來做。妳告訴我要做些什麼。」

葛小姐臉色由紅轉爲青白，她努力用平緩的語氣說：

「我現在沒有辦法講給妳聽，這不是幾句話可以講得清楚，還要看一些資料。我很累了，我要回去了。」

夏太太沒有表現出讓葛小姐離去的神情，她思索了一下說：

「那麼，妳明天的工作就是找厨子和婦女健康協會籌備的事一起做。」

葛小姐幾乎想脫口說出「這兩件事沒辦法同時做，我辭職，明天不來上班了！」但是，只在一念之間，情況整個改變過來。她看著眼前這位嬌貴、無能的老女人，再往昔日夏先生的大辦公桌瞥了一眼，她決定留下來。「寶麗」跑到她脚邊，她和善彎身撫摸牠頭上的軟毛，把牠抱起來交給夏太太，說：

「我明天帶罐頭貓食給寶麗吃。」

她從容地離去，走到屋外，大大地吐了一口氣。

慢慢地，社交界的女人大都知道，夏太太在家族間爭奪到最大的權力接掌夏先生的事業，她出入社交場合毫不顧忌地帶著她寵愛的貓「寶麗」。接著，很多人也了解到秘書葛小姐是夏太太主要的助手，有些事，他們就先從葛小姐這邊下功夫。然而他們往往不知道葛小姐心裏並不喜歡「寶麗」，爲討她歡心說了許多「寶麗」的好話，令葛小姐十分厭煩，但她卻不能讓厭煩形於色；這只怪她自己已經習慣於在人們前流露著寵愛「寶麗」的樣子。

葛小姐的工作量表面上增加了很多，事實上她自己動手做的事並不比以前夏先生在世時多；她把很多夏太太交代的事分派給其他職員去做。那些人做得累得要死，卻很少有升遷、加薪的機會，更沒有機會像葛小姐這樣接近夏太太。葛小姐的薪水也和以前一樣，不過，夏太太私下給她的紅包，一筆、一筆加起來，使她銀行存摺內的數字以驚人的速度拖得長長的。

就在夏太太還帶著一抹哀傷之情出入社交界時，她開始推動葛小姐爲她設計的慈善、愛國……種種名目的活動，這邊捐出一筆款項，贏得美名、做好公共關係；另一邊就有更大一筆款項流進來。夏太太一高興，就包了一個厚厚的紅包，在沒人看見的角落裏塞進葛小姐的皮包。

葛小姐和夏太太的搭配，並不是無往不利。有一回，兩人參加一項金融界的會議，幾方面人士聯手抵制夏氏集團，夏太太毫無招架之力，葛小姐悄悄遞字條給她，更大的羞辱回擊過來。夏太太差一點哭出來，葛小姐默不作聲，卻深深記住這些羞辱她（她完全認爲自己是他們羞辱的對象，夏太太只是擺在枱面上的象徵性人物）——每一張羞辱她的臉孔、名字和他們說過的話，她一點也不遺漏地記在心裏，她相信自己會找到機會反撲，殺得他們片甲不留，不管是要等一年、兩年、三年或五年、十年……。她覺得自己的手心被指甲戳得刺痛，才發現自己把憤怒都藏在緊握的拳頭裏。她鬆開手掌，不經意地低頭看了一下手心，她嚇住了——手心有點點血痕，細長的指甲彎曲了。

葛小姐愈發忙碌了，夏氏關係企業的每件事她都要管，還不忘定時抱「寶麗」到貓美容院爲牠整容，到獸醫院爲牠做健康檢查。她自己也只有在抽暇去美容院洗頭髮、修指甲時得到精神上鬆弛的時刻。美容師爲她修指甲時，總是疑惑地說：

「妳的指甲長得好快！而且又硬又彎！好奇怪……」

她發現自己的指甲變形了，只要稍微長長一點，就又彎又硬，很不好看。她不敢讓美容師看到她指甲的怪樣子，就自己修剪指甲，不再讓美容師爲她修指甲。

另一件奇怪的事情發生了。是在公司內部一項不愉快的會議結束後，她搶先到盥洗室洗手，藉以離開那些令她生氣的男性屬下。她從鏡中看到自己的眼珠泛著淡淡的綠光。她起先不以爲意，以爲是光線反射到什麼綠色的東西，正好掠過她的眼珠。但當她湊近鏡子仔細看時，正看、左轉看、右轉看；不得了，綠色確實在她的眼珠裏。

而在這同時，一牆之隔的男士盥洗室裏，三、兩位男職員一邊解小便，一邊取笑葛小姐。其中一位說：

「女妖！她還以為她是女皇帝呢！今天只差沒掀桌子給她看！此處不留爺，自有留爺處！」

另一位說：

「剛才我們幾個聯合陣線，一個接一個講，實在有夠精采！看她那張臉都氣得發綠了！」

葛小姐匆匆走出盥洗室，一路微低頭，怕被人家看到她發綠的眼睛。走出辦公大樓就開車直往一家電影公司飛馳，找到技術人員為她的眼珠裝上黑褐色隱形眼鏡。黑褐色是她原來眼珠的顏色。

除了參加社交活動，夏太太還保持著好精神的模樣，一回到辦公室或住處，她就變得懶洋洋的，和她懷抱中的「寶麗」差不多。葛小姐每天要代表她參加好幾個會議、與人共進豐盛的餐食。她愈忙愈胖，令她百思不解。她開始安排把一些公司的業務留在晚上做，減少睡眠，看看能不能減胖？有一夜，熬到快天亮，她睏了，照例在睡前摘下隱形眼鏡，就伏在辦公桌上睡。幸而她及時在其他職員還沒有來公司上班前驚醒過來，她慶幸還有時間修剪指甲、把手洗乾淨，裝上隱形眼鏡。「寶麗」直矗著身軀坐在辦公桌案頭，如果這時有人進來準會嚇死——情況比葛小姐驚醒時所知的還可怕……

從那天以後，葛小姐每天上班之前又多了一件麻煩的事：還得對鏡仔細看鼻唇間、靠近鼻子兩側有沒有又長出幾根細長、白色的毛。

年復一年地過去，凡是曾羞辱、排擠葛小姐的人，都受到她的報復，被她殺得片甲不留，在金融、政界毫無立錐之地。但是，對於自己的綠眼睛、彎硬的尖指甲，以及鼻側剃了又長出來的白鬚毛：她一點辦法也沒有，只好耐著性子，每天花一段時間去處理它們。

——一九八六年十一月二日於台北永和
原載《台灣時報》副刊

忠實者

爸爸這幾天來有事讓他忙了。因為市議員選舉的助選活動開始了。自從爸爸退休以來，他當了黨小組組長，每月在家召開一次聚會，就是他除了收到郵差送來的紅白帖子以外唯一與外界的接觸。現在他每天都要往外跑好幾趟，平常安靜規律的家居生活眞是起了變化。

爸爸退休後曾做了兩件差事，都沒做多久就辭職不幹。兩年多來，大部分的時間都在整理庭園，早晨黃昏定時散步、看報紙，幫媽媽做些家事，譬如：掃地、燒開水。黃昏以後就開始坐在客廳看電視。他從不錯過新聞報告、國語電視劇、籃球和少棒轉播。他能夠靜心地待在家裏過了一天又一天每天差不多行動的日子：這之中原因大概與他少年離家隨軍隊抗戰剿匪，來台灣後又一直跟著部隊跑，很難得能在家中住上幾天有關。有時候聽他談到當年戰亂生活的艱苦，想像那時他們最大的願望就是過一過平安的家庭生活，也就不再奇怪他這樣地天天待在家裏不嫌煩。他每月中旬要發幾封信邀請他的小組人員來家裏開會。信寫好就騎著脚踏車到組員家裏，將信投進人家大門上的信箱。組員都住在我家附近。到了開會那天，他特地把小客廳的桌椅整理一下，準備茶水。又換下他平時總穿的睡衣褲，穿了乾淨襯衫和西褲，一邊看著電視，一邊等候客人的來到。每次開會那天早上，他都會提醒媽媽，晚飯要早點開飯。媽媽常對我們笑他，因爲，他的組員們難得有一次七個人全到齊。媽媽說他的隊伍是小貓三隻四隻。媽媽和哥哥也是黨員，分別參加另兩個小組。他們的小組一年也難得開一次會，倒仍定期交每月兩元的會費。哥哥寫小組活動報告時，把他們同事的郊遊烤肉都列爲組員的團結活動，甚蒙上級嘉許。大概是我國太民主了，若這種事發生在鐵幕國家裏，恐怕就要被拉去批鬥。反正大家都是坦誠地愛國，就把這種輕鬆態度當成如小學生逃課地取樂。爸爸是不論屆時有沒有人來，他都會準備好。而他們開會，前一半時間一邊等人，一邊看著電視連續劇。爸爸會熱心地介紹他的客人，今天什麼角色要上場了，什麼人物要遭殃了。等連續劇打出「明天同一時間請繼續觀賞」，他們就開始做正經事。有時候爸爸宣布上級的指示，有時候講國際間發生的大事，都是遵行著國策發表己見。然後呢，組員們就向他訴苦，不外是一些執行公務的人員不再敬畏他們啦，尋事困難啦。我不知道爸爸與他們說笑完後，還有什麼好計謀。因他自己就常發如是牢騷的。有時候他自我調節，說道：不是榮民處不照料他們，是他們自己做慣了主管，不適應做屬下替人工作。

我日前被爸爸抓公差，幫他將一塊大紅橫布懸在我們宿舍區的進口一堵高牆上。上面有白字「我們全區居民一致支持譚俊賢當選」。還在各處張貼紅紙有墨字「譚俊賢是青年才俊願爲全體鄉親謀福利」、「請將您神聖的一票投給熱心公益的譚俊賢」。本來我是不高興做這些的。讓路人瞧見怪難爲情的。且近日學校要期中考，又積欠了一大堆報告。但是看爸爸一臉疲倦，脾氣也變得急躁，不敢再去惹火他，實在說，連我也被這助選風波侵擾了。這些人每天進進出出，連譚俊賢本人也身披紅布條親自登門拜訪了三次。他們這麼客氣，堆了一臉笑容，前一句拜託，後一句拜託，還向家裏每個人問好。慣例地像一般客人初來我家，也逗逗那隻土狼狗玩一會兒。父親又幾乎每天都召開小組會研討選情。我家客廳與書房只有薄薄一層甘蔗板之隔，他們說的每一句話都傳到我的耳膜。但是，因爲選舉而給我們帶來些好事也是不可否認的。我們宿舍區公共厠所旁邊有塊空地，很久以前，逢到年節時都放了露天電影慶祝。日前又在老地方放演了一場才下片不久的一部國語影片。讓我回憶起年幼時過節的愉快氣氛。不過，這次人們似乎興致不高了，大約與看多了電視節目有關。另外，公共厠所請了清掃夫徹底、仔細地洗了一次。再上厠所不會那麼惡臭熏死人了。脚踩的兩塊紅磚旁邊，也沒有太多蠕動的小白蛆。臭水溝也通了，拉出來的黑泥漬不再積留溝邊無人處理。宿舍區裏幾處該上路燈的，也都上了新燈泡。但很難講這些燈泡可以在那裏待多久；過去的燈泡總是被人偷走。所以這兩天我從外夜歸回來可輕鬆地邁步，不會誤踏在狗屎上或泥坑裏。雖然助選人員進進出出擾得人不安寧，卻在紛亂中顯出一種熱鬧和興奮的趣味；好像過年一般。不然，平時這裏幾十戶人家都是各過各的日子，只有麻將戰友們才有往來。並且外人更少來問津。像譚俊賢他們有學問有地位的人那更是難得來陪我們說話談天。所以，這些日子來，此處居民好像突然尊貴了，每個人都不由得沾沾自喜。

我從來都不重視政治。也不知從何重視起。既已生活在難得的民主國家幸福環境裏，反正是黨政政治，小市民只要跟著國策走就足夠表露愛國了。但是，我們班上有個啃書蟲，看了一大堆學說思想，他有一天駁斥我，說我是死腦筋。他說，他絕不投票給黨員。他的民主理想是要有一個有力量的在野黨與執政黨制衡。而我國只有一黨是有力量的。我對他提出我的看法：我們是在戡亂時期，要求絕對的安定以儲備軍力、建設國家。並且，老實說，議員候選人裏沒有一個是我了解的，即使我去聽完他們每一個政見發表會，我也未必就了解、信任他們。投一票給經由黨的審查、推薦的總比瞎抓一個黨外人士可靠些。我把我的觀念全部說給書蟲聽，他不受我的影響，仍說，他要投票給黨外人士（當然這黨是指執政黨囉）。又說，如果我還是投給黨員，以後他見到我面要給我「上課」。我回家講給爸媽和哥哥聽。媽媽從鼻孔裏哼氣，說書蟲是日子過得太舒服了，要找點新鮮事做。媽媽還說，讓書蟲也吃吃他們當年嚐過的苦頭，他就不會這樣講了。

「眞是人在福中不知福。」

我問爸爸，他怎麼這樣對黨效忠，有信心。爸爸說，他是國家栽培的，國家花了多少心血培養他們，他們當然要效忠。又說，沒有執政黨這二十多年苦苦撐著經營，我們哪有這種安定日子好過呢。爸爸絕不相信，換了另外任何黨來執政，我們能過得更好，並且還能堅定國策。以前我不忍心不拿助選人員奉送來的宣傳單，拿來了卻從未看完一遍過。這回，我開始看每一位候選人的政見內容。以前我從不去聽政見發表。就是，偶爾經過站著助選人尖叫的小戲台，總是不屑地折身就走。這回，我倒特地和爸爸去後車站看了一回政見發表會。可惜毫無所獲；因那說話的人，從頭到尾都講台語，我根本聽不懂。我奇怪爸爸這麼大把年紀，又瘦弱，竟有耐心站上幾個鐘頭；他也是聽不懂一句台語。一想到上個暑假本有個賺外快的機會，就因不會說台語而吹了；就不由得跟爸爸生氣。都是他要我們從小只說國語。他的堂皇理由是，國家推行國語運動，我們就遵行。他可沒想到，今天社會上說台語辦事還吃得開，與本省人好溝通。爸爸他們小組談話時，都憤恨幾個黨外人士狂言亂語。看來，他們很擔心這些傢伙用詭計拉到意志不堅的民衆的選票，擠進議壇與執政黨搗蛋。投票的日子愈近，大家都愈緊張。我也很緊張，反覆思索，怎樣我才算盡到了選民的責任，到底要投票給誰，怎樣才不辜負我的選民權利？

我一直來的觀念正確呢？還是我應該重頭再想過？

投票這天，全國放假，好像過年節似地，每個人都顯得很興奮。一早就有人乘了專車，挨家挨戶地叩門，提醒選民攜帶身分證至指定場所去投票。爸爸一早就去投票所觀看。媽媽買菜後也去。哥哥因上午有事要辦，他想辦完事回來後再跟我一起去投票。那些辦事員竟然知道我和哥哥還沒去投票，且才十點過一些，就又來家裏催。他們雖然臉上掛了微笑，但那種熱心緊張的模樣倒使我感到一種無名的害怕。好像覺得這天被人盯梢了。我和哥哥走近投票時就被他們遠遠瞧見了。他們與我們笑著打招呼。親切地帶我們去核對身分證，拿選票，我的心噗咚噗咚愈跳愈快。老天，我還沒決定要投誰！走到有弧形紙板擋起來的投票櫃，拿起小印章，我的腦子和心胸都凝聚成一團。我的眼睛一定瞪得很大，好像要發火了。我是不是要突破一般觀念，和書蟲一樣做點新鮮事？很明朗的意念，爲什麼要相信只要是黨外人士就値得我投他一票？我既然沒有堅定的獨立思想，還是接受客觀的推薦明智些。瞎蓋個章只是徒然浪費。比較一下，最後還是在譚俊賢頭上的小方格裏蓋了印。好像比較不盲從，比較心安些。可是眼睛卻溼溼熱熱的，心裏也一陣難過。大概是我初次爲要投出一票多想了些吧。

開票時間愈近，爸爸那麼緊張，好像是他自己去競選想當議員似的。開票結果公布後，爸爸歡歡欣欣地跑回來，一路上不住地笑著說，成功了，成功了。我們所希望當選的，十分之八、九都被選上。且這回選票很平均，不像過去那樣，多數的票集中在幾個醒目人士身上。選舉的次日，爸爸的小組又召開會議。大家都很高興，都說：唉，總算舒了一口氣。他們最開心的是，那幾個狂言分子一個也沒被選上。

「要是有一個選上了，在議會裏雖然發生不了作用，卻處處搗蛋也是夠討厭的。」

爸爸好幾天沒有睡個舒服的午覺，這一天他從午飯後一直睡到薄暮才醒來。有時候我想，爸爸六十多歲了，這一生的事業大概就止於他中校退休。除非時局變了，起了戰爭，他再被徵調。不然，他以後的日子大約就是每月開一次會，傳達指示，撰寫報告來表示他的忠心。我猜想，如果再有機會徵用他，上級一定會重視他這樣有恆地做好小組長的差事，會優先考慮任用他去做一件許多人都想爭取的好職務。我家又恢復了往常的安靜和規律的生活。我們的宿舍區也因選舉風潮過了，漸漸又冷清起來。再沒有一大堆人、一大堆車擠在我們區門口的小路上。那一塊榮耀的紅橫布被我和爸爸小心地取下來，輕輕地摺疊整齊，好像它是譚議員的衣服。我又可以安靜地看書寫字了。書蟲看到我甚至不開腔說話，更別說向我「上課」。我也樂得清靜，保持了我一貫的小市民政治信仰。

——原載《中外文學》

閣樓裏的女人

我醒了，許久，還躺在床上。我的情緒是這樣低落。心胸裏塞滿的只是憂傷和孤寂。我的體軀和精神是這樣地呆滯無生息。肉體外的世界於我是冷陌而生疏。我偶爾聽到樓外市街裏汽車和工廠的馬達聲，它們的升起、遠去、連續，竟然挑不起我對文明世界更進一步的深思。我眞是愈來愈感覺遲鈍而單純，顯得自私了。

昨夜阿美出場，我一個人睡這窄床，卻不比與她同擠著睡時睡得好些。昨天晚上那姓祝的帶給我的侮辱，我的憤怒，激動許久，就變成沉甸甸的淒愁一直纏繞著我。陽光早已照亮了陋室。正常生活的人們到這時都已做了半天事，就要用午餐了；我卻還懶散賴在床上。店的樓上、樓下都還是靜悄悄的（這時樓下的廳裏沒有燈光，陽光也透不進來，廳裏該是幽森黑暗，壁飾裝潢、琳瑯擺設的酒、飲料，都隱蔽了它們的光彩）。我的心底黯然升起的這種職業的卑疚感。

我眞是只會外表做戲的、軟弱的女人。昨夜，我不是帶笑地對他說：我不在乎了嚒。我卻無能驅走這屈辱的、煩悶的、含淚的感覺。蜷伏在床上，眞是慵懶啊。也許是我那膚淺的認知、那貪戀、幻想和虛榮。也許，我一向悄悄自己編織美夢，在想像中獲求滿足。臨到非得面對現況時，仍在欺騙自己，仍貪戀著。或許「灰姑娘」很久前，當它是我們身爲小女孩時聽到的故事，它就在我小心靈裏投影。有過那麼多期望、挫折。它們早先都是以一極光亮、肯定的形態呈現我面前。而又變化，終是一場失落、挫折。我眞是害怕，發寒。我心虛地問：過錯在哪裏呢。

我聞到一陣陣的煮中藥味兒。大概是愛娜煮的，她前晚去拿小孩。我喜歡聞這藥味兒。使我想起媽媽。以前，媽媽生弟弟、妹妹後，家裏的空氣間就飄著這味兒。媽媽很少的補品，總是匀出一些給我們吃。我清晰再看到她深深愁苦蒼白的臉容。現在，在遠地南部的家裏，媽媽這時大約已準備好了午飯，等著弟妹放學回來吃吧。我瞞著媽媽。她仍以爲我在餐廳做女侍。現在我的工作名目上也是稱做女侍，爲客人端酒。我們卻陪著坐、搭訕、調情，「拐」大酒，「拐」出場。還和他們度夜拿錢。

祝眞是做得太過分了。我的女友們都用憤憎的眼光望他和他帶來的小姐。我們看這小姐並無一般閨秀那樣含蓄、不解世事的神色，猜想她是酒家的小姐（酒家的小姐有種靜態的風味。舞廳的小姐走路飄搖，因爲她們常跳舞，而顯得足步輕巧），女友們安慰我。

這就是酒吧裏小姐常用英文的「公牛糞（Bull shit）」來罵中國客人。他們現實、輕視又玩弄賣笑女。我幾乎不能相信，他年輕的臉仍和以前一樣，泛著明朗的笑容。他讓優渥生活培養的福泰、愉快的相貌和我們的貧困隔離著一道看不見的深溝。我曾可憐他因遠離廣大的羣衆而閱世淺薄。當他酒醉，他底軟弱無助，我由衷付予我的感情和愛撫。我們開始相處時，他就告訴我，我們不可能結婚。他的父母要爲他挑一位門當戶對的女子，鞏固和增加他們家族顯赫的財勢。他要我做他的情婦，他說，他將籌備幾家公司讓我主持，做爲我個人的收益。甜言蜜語還清晰，那些愛膩還是在不日前；昨天，他竟然帶別家的小姐來訪。我曾經埋怨小楊總是要我做中國客人，他說我出來上班不久，英文還講不好，洋人的枱子不好上，就要我做中國人喝喝大酒。酒吧小姐都不喜歡做中國客人，不願意被本國人侮辱。把酒吧界當做一個逃避的世界，在這個圈圈裏抗拒道德觀的譴責，想像著，愈少接觸中國客人，本國社會裏就愈少人知道她操此行業。當祇向我呈展那些堂皇的計畫時，我不禁暗暗謝謝小楊爲我們做了媒介。如今，夢幻成空，只是受辱，我幾乎又回到往日對小楊的埋怨了。

中藥味兒一陣陣傳來。我覺得原來濃烈的味兒似乎轉變得發乾，懷疑是否煮藥的人疏忽了。我下床，開門走向後方的厨房。這二樓與樓下廳裏是截然不同的情景，這兒又舊又髒，小走道兩邊是木板簡單間隔的房間，每張門都緊閉著。昏暗骯髒的小厨房裏，雙座的瓦斯爐空著，並沒有煮什麼。那麼，這道補品是在房間裏用電鍋蒸的吧。我走向愛娜的房間，輕輕推開門。她躺在雙層床的下層，臉容明顯地虛弱蒼白。她對我微笑，她不太好看的臉，眼角更擠出了皺紋。電鍋擱在牆角，噗哆噗哆地響，冒著白濛熱氣和濃重的中藥味兒。我坐在她床邊，與她話敍。

愛娜是在我們店重新開張時，與那批小姐一起來。她們大都是從台中上來；由於駐台中的美軍撤走了，那兒的酒吧都關門，小姐們登不住轉而來台北。她們時而回憶過去熱鬧、好賺錢的日子裏的許多事件。這批新小姐裏有幾位是山地人。我原以爲愛娜也是山地人，其實不是。在店準備重新開張時，我們聽說有些山地人要來，就把這些山地小姐想像得又落後、粗俗而頭腦簡單。同情她們可能是愚笨容易上當。等見到她們，我們不禁驚歎。她們其中幾位是非常聰慧、活潑、豔麗。尤其是伊娃。她正在辦護照要去美國，她的美國未婚夫在那裏等她，去了就要結婚。他們的愛情似乎不堅固，伊娃的情緒總是不安穩，時而喝酒、吃迷幻藥，時而打牌、去美軍俱樂部玩吃角子老虎。我最初看到愛娜時，尚被她和伊娃等人同樣的老練風範、細緻的裝扮所震懾。以後，我們看出來，愛娜有著上班小姐最大的缺憾；她長得不漂亮。

幾個舊小姐湊在一起說閒話，評論新來的小姐。有人拿愛娜爲取笑的對象。愛娜講話大聲，她做客時的中國式英文被鄰座聽到了。

「她對客人說，我不在乎我的男朋友長得帥不帥，我注重他的內心 his inside heart。她說的時候還把手壓在客人的胸上，啊，妳們要是當場聽到，看她講話那麼認眞的樣子才好笑呢。」

有一回她對著客人摸自己的鼻子，無奈地笑著說：

「我的鼻子 too small（太小），不好看，我想要給它弄高一點，可是那需要花很多錢，我沒有錢。」

另一次，她坐在我前面的枱子。她和客人商談出場，爲著小費討價還價。她認眞地對客人說，我們這家店價錢便宜，她說，現在很多日本觀光客很大方，小費給得多，二千、三千、六千、一萬一個晚上。但是那是飯店打電話到應召站叫的。我們這兒是飲料店，我們並不隨便陪客人出場，我們是比較高級的，我們只跟 gentleman（紳士）出去。但是這個洋客人說，他身上所有的錢還不夠付帶她的出場費，更別談再給她小費了。

「好吧，那我們就坐在這裏喝酒，你請我喝酒。」

沒有客人時，小楊來到女孩子堆攀談，他對愛娜說：

「妳不要總是對我發牢騷。不是我不介紹客人給妳，我要看，什麼客人由哪位小姐去做比較合適。合客人胃口、有話談，客人就會買大酒，帶出場上砲台。我會配。妳沒有賺到錢，我也替妳發愁啊。可是要介紹適合妳的。不要只等了一下，就嘟起嘴嘀嘀咕咕。」

「沒有賺錢，心裏會急啊。」

她嬉笑地說。

愛娜走開後，小楊歎息道：

「她的臉長得不太好看，不容易上客人。要介紹年紀比較大的給她做。有些年紀大的客人知道，年輕小姐不喜歡做他們，對小姐比較不挑剔。」

但是，她亦曾和年輕俊秀的洋人出場。那青年含笑靜靜聽她認眞而大聲的說話。他們走出店，折進側邊小巷。

她愛乾淨，衣服總是保持潔爽。她的體態豐潤匀稱，她不喜歡胸罩，而她美好的胸部無須胸罩，在衣裳下托起柔美的線條。她喜歡將錢花在買好質料的衣服。一日她指著她身上正穿的一件黑絲絨裙子對我們搖頭，說：

「做生意的人，心眞是厲害。我把這裙子拿到洗衣店，老闆說，絲絨一定要乾洗。我給它乾洗，拿回來，上面的牛奶漬還在。我氣起來，把它泡在肥皂水，洗一洗，給它曬乾，乾乾淨淨。生意人眞是會騙人，大概看我們上這種班，以爲我們很好賺錢，也要賺我們的錢。又多拿錢，衣服還洗不乾淨。以後我自己來洗！」

有個胖子客人，第一次來我們店時，在店門口扭了脚，一拐一拐呻吟著走進來。他揀張沙發坐下，要喝純威士忌。小楊讓愛娜將酒端給他。自然她得陪坐，看看有沒有大酒。客人煩著脚痛，只顧自己一杯接一杯喝，愛娜坐了許久沒有討得大酒。她不耐煩了，臉色低沉。小楊向洋人獻計，要替他用中國古老醫術，扳正他扭歪的關節。洋人痛苦皺眉，久久不敢嘗試。小楊催促他脫下鞋，試試看。他不敢試，卻想要脫鞋看看會不會好過些。他請小楊幫他脫鞋，脫時哇哇叫，愛娜歪著臉看。洋人喝了幾杯酒後，又想去醫院。需要人幫他將鞋穿上。小楊已走開去招呼別的客人，小楊遠遠吩咐愛娜：

「愛娜，給他幫幫忙！」

「坐了半天都沒有大酒，還要給他幫忙！」

她斜眼看客人，慢吞吞地拾起大皮鞋，硬板地將鞋套在客人的脚。「哇哇」，客人又大叫起來。她只是皺著鼻，慢慢替他穿上。小楊走來，微露著笑，彎身在客人耳邊輕輕講話。愛娜有大酒喝了。她從客人手中接來八十元台幣，走向酒吧枱時，臉上已藏不住開心了。以後，這人成了她的常客。每當他才開門踏進來時，大家就叫：

「愛娜，妳的胖子來囉。」

她就從休息的位置站起來走向他。

幾天前，我們一堆人湊在一起邊等著客人來，邊聊天。談到避孕的方法，通常都認爲吃避孕藥最好。

「吃藥也不算很好。愛娜吃藥，月經愈來愈少，都快乾了，又不舒服。」

「女人眞可憐。」

之後我們才知道，愛娜懷孕了。她先不知道是懷孕，還去醫院打了幾針，催月經來。吃了不少苦頭，最後才得知是懷孕。她的一位女友陪她，忙著進進出出，找熟識的醫生，安排時間。她拿掉了。我這兩天忙著我自己的事。隱隱感覺到店裏少了愛娜的蹤影。隱隱知道她在樓上休息。

對我們來說，墮胎的印象，就是女子找密醫含著危險性，要付一筆醫藥費，手術時很緊張，要忍受痛苦。手術過後，如果平安，就要休息，吃些豬肝、燉雞之類的補品。如果不幸手術沒做好，就可能患月經失調等病症。

當我面對著愛娜，與她這樣接近，我才領會到了女子墮胎後的實際狀況。她這樣蒼白虛弱。好像產婦經過一番折騰生過孩子一般。然而，此刻那曾經初長的小生命在哪裏呢。

「現在覺得怎麼樣？」

「就是沒有力氣。」

「是不是很平安，手術沒有出差錯吧。」

「大概沒有問題。就是需要多休息、調養。這家醫院比較好，是用吸出來的，不是用刮的。這樣花費比較貴，可是痛苦較少些。我問了好幾個朋友才找到這家。唉，眞是划不來，吃藥、打針、受苦，賺的錢還不夠買藥吃。又不能上班。我欠債了。」

她是帶著淺淺的苦笑談自己。

「妳不是有吃避孕藥嗎？怎麼還會懷孕？」

「我有時候忙就忘記按時吃。等記起來時，連吃兩顆已經沒有用了。我的子宮很強，中了小孩，吃什麼打胎的藥都打不下來。這已經是我第四次拿掉孩子了。」

「你知道是誰的嗎？」

「當然知道。是一個來度假的美國人，我認識他很久了。他先寫信告訴我，他要來。我上個月總共做了三個客人。另外兩個都不可能孩子是他們的，一個做過紮輸精管手術。另一個他用保險套。」

「妳有沒有寫信告訴他？」

「我不敢講。」

「爲什麼？」

「恐怕他不會相信孩子是他的。唉，算了吧，不要告訴他。」

她喃喃地說：

「划不來。以後還是不要出場了，只在店裏喝喝大酒就算了。我這幾天只有花錢沒有賺錢，我昨天晚上下樓，想看看會不會有大酒喝，她們都笑我，要錢不要命。我就再回到床上睡覺。想想還是把身體養好吧。可是躺在這裏眞心急。我跟伊娃她們不一樣，我有小孩，要培養孩子唸書，還要供養媽媽。伊娃她們沒有孩子，又年輕漂亮，賺錢容易，不用擔心沒有錢用。我是不行的，我一天沒有賺到錢，就好心急。」

「我的孩子是以前跟一個鬼子同居生的。那時候我不懂事。以後我和鬼子鬧翻了，分手，我要孩子，他沒有給我們母子一點生活費。我最早時沒有想到要和鬼子辦他們國家的結婚手續。洋婆子離婚後，母子的生活費都由男人支付，鬼子哼聲都不敢哼。」

我幫她把喝過牛奶的杯子和碗筷洗乾淨。又洗了幾個蓮霧給她吃。補藥燉著豬心，已經煮好了，打開鍋蓋時，白熱的蒸氣沖散出來，一小團肉蜷縮在那一鍋黑黝黝的汁液間。

二樓的厨房也是浴室。我洗澡後，蹲在地上洗衣服。一位樸實裝著的老婦人牽了位小男孩爬上木梯。小男孩黃褐色細軟的頭髮理得很短，兩道柔順細長淡褐色的眉毛，棕色的晶瑩的眼，像女孩般嫻靜、害羞。他們走往愛娜的房間，許久都是靜悄悄的，沒有發出聲音。

黃昏時，柔弱黯淡的光透進我的小室。我坐在桌前開始裝扮我自己。慢慢地在面上抹面霜、粉膏。我臉部化妝好後，打開衣櫥挑選衣服。我穿鞋時，忽然這二樓響起小男孩琅琅的讀書聲音。他那清脆的聲音，單音調地誦讀著，他拉直嗓門，讓聲音自在地迸出喉嚨。我想起我的小學生活。早晨，坐在竹籬下背書，聲音愈來愈高。之後，降低音調重新唸起。我考初中、考高中之前，每天早上母親特別為我一個人煮麵，中間加個荷包蛋。我也想起考大學之前，國文老師幫我們猜題。國文裏有一課〈鳴機夜課圖〉，老師說，出考題的老先生們大都是喜歡這一課，因為忠孝節義、親子之情都包含了。這篇文章是作者做官後寫的，他寫時，他苦難的母親已經受生活磨難將近一輩子了。我記不得大學聯考裏有沒有題目出自這一課。沒考上大學，只恨不能忘卻所有與考試有關的記憶，哪裏還會用心回想它。

我還是學生時，曾經受人之託去一所小學代課半天。我看了全班孩童的作業和作文簿。其中有位男孩寫，平常他父母都去礦坑工作，這天母親生病了，他和父親一起吃速食麵，每人各吃了兩碗。就寫得這樣簡短，字跡拙劣。我被這孩子的遭遇陷入低低的情緒。下課時與小朋友們談話，小朋友們似乎不友愛這位礦工之子，他們告訴我，這孩子常挨打，老師打他很重，他挨打後手心腫起來，許久不能拿筆寫字。他靜默坐在自己的座位上，神容平板，小嘴閉著。孩子們有不同的命運。我過去的一位鄰居，她也是小學老師，有一回課堂上她性急摑一位學生耳光，次日學生家長來學校找校長，她丟了差。這學生家長是民意代表。

愛娜的孩子一直琅琅唸著。我穿著好，鎖門走出小室。我聽著孩子的唸書聲，落下的脚步愈沉重。經過愛娜房門口，我看見孩子，坐在我曾經坐過的地方。我走去摸他的頭，他的頭髮極細軟。他告訴我，他們學校放春假，外婆帶他來看媽媽，已經回去了，過兩天再來接他。愛娜貼著我耳朵說，她要把孩子留在樓上，不要讓他下去看。

我提著長裙的裙角走下木梯，小心防著木梯弄髒了我的衣服。接近廳門時，我已聽到廳裏點唱機已響，是那首西洋音樂「我不喜歡一個人睡覺」。很多客人、小姐喜歡它悠柔、緩慢的調子，並常拿它來互相調笑。我打開門，廳裏已亮著溫暖、柔弱的紅燈輝，細緻精巧的裝潢被燈輝烘托出了綺麗。

愛娜漸漸恢復了健康。她開始認眞上班。和以前一樣，她的生活包含許多沈重的負擔和各樣細微情緒的波折。日子一天天地過著。

「我想去看愛娜。我上回陪客人坐著喝酒被『臨檢』抓到，在警局拘留室待了幾天，那時很想有朋友來看我。」

小琪說。我疑惑問她：

「愛娜怎麼了？」

「妳怎麼還不知道!?妳昨天出場了是嗎？是啊，妳很早就出去了，店裏後來發生的事妳就不知道。愛娜和伊娃一起做兩個客人。愛娜吵著客人帶出場，想要賺出場費。那兩個客人是美軍派出來抓吃迷幻藥的小姐，她們不知道。客人套她們，向她們討迷幻藥，她們騙說出去會想辦法弄到。到了旅館，鬼子翻到伊娃皮包裏有藥，他們預先安排的人就進房間來把她們兩個一起帶走了。現在她們被關在分局的拘留室。伊娃有迷幻藥，要被關三天。愛娜沒有藥，卻陪客人外宿，要被關五天……」

中山北路路邊植著扶疏的楓樹，楓樹伸展成一條長長的綠線，非常優美。這些楓樹年歲久了，枝葉濃密。行人走在樹蔭底下有種被保護的感覺。這一帶有許多高級的商店相連，間或新興了極時髦的女子服裝店、考究的嬰兒用品商店。還有家畜醫院、古董字畫、藝品畫廊、貿易行、公司，都有著穩定富裕的氣息。地下道的出口就是分局。我像古時鄉下人進衙門般不知所措。我告訴一位先生，我要看張彩錦。他指著走廊底端，有鐵門加鎖的，告訴我，去按鈴拿紙張填表。

小琪曾說，來到這裏，第二天早上，他們把妳叫起來拍半身的照片，就「登記有案」了。愛娜面對著相機的景況在我腦際升起，我正視著她面容的表情。……

電鈴在門的右木椽上端。我用力按。一會兒，鐵門裏，木門上的一個小木窗打開了，中年男子的臉壓在木窗上。我一面大聲對他說，我要看張彩錦，一面儘快搜裏面，尋找愛娜和依娃。那是一個大木籠，右邊一間是男子部，幾個男子挨著木欄，手伸到欄隙外。左邊一間是女子部，女子們沿著欄邊坐著。愛娜看到我，叫著我的名字，連接叫著，是驚呼，微微的喜悅。我看到落妝後伊娃失神疲憊的臉容。她沉默不語。

小木窗很快就關上。從縫隙遞出一張紙表格。我塡了愛娜的名字、我的名字、身分證號碼、地址，與愛娜的關係──「朋友」。塡好後，我又去按鈴。小木窗打開，他接了我的紙（經由窗隙）。木窗又關。我聽到男子的聲音喚著：張彩錦、張彩錦。一會兒，木窗再開。愛娜與我隔著鐵門、小木窗面對面匆匆說話。

「請妳幫我買一些雞肉來，這裏飯菜好像餵豬的，我肚子好餓，想吃肉。還有，請妳幫我買阿斯匹林，我頭痛的毛病又發了。」

我看著她蒼白、衰老、略浮腫的面容

──彩錦，到什麼時候，妳才可以安心、健康地生活？

「我馬上去幫妳買，買了就送來。」

我走在楓樹的樹蔭下。楓樹眞美麗。在飯店門口、地下道出口，楓樹的沿線間隔較遠。我可以不想像路邊一家挨一家的咖啡店、夜總會的享樂，可以不貪戀銀樓、銀行、商業公司的財富。綠色豐美的楓葉沿線讓我的精神棲息。有一個枷鎖聯繫著愛娜和我。縱然我已是愚笨遲鈍、思想簡單；陰霾與我亦步亦趨。我不禁發著寒顫，在這明亮、溫熱的午後。

面對嚴肅的現實問題　高揚批判的道德勇氣

王津平

曾心儀從事寫作的時間並不算長，此時此地與曾心儀一樣有愛心、有正義感、有較正確認識的、勤苦筆耕的小說工作者也不算少，但曾心儀的小說有它們的獨特性——曾心儀的小說題材深入探觸到了社會陰僻一角，較爲人所漠視的人物，曾心儀挾帶濃烈感情來刻劃這些人物的生活，發抒他們的心聲，在處理手法上卻一點也不拖泥帶水，表現了刀筆般的明快俐落。無怪乎曾心儀在短期間會獲得不少有所關心的讀者們注意。

本來我也只是衆多密切注意曾心儀作品的讀者之一，與她素昧平生。因爲在一篇發表於《仙人掌》第二期的文章中論及她的作品〈酒吧間的許偉〉而認識她，而允諾爲她寫序。

我希望透過這篇短文，儘可能把個人對曾心儀結集成書的這幾篇作品的初步意見誠懇地表達出來，和讀者一起討論，一起關心。

廿多年來，此地在西方末流現代主義陰影下成長的中國小說曾不幸長期地把人從變動社會的架構中抽離出來，因而喪失了小說應具有的現實嚴肅性及道德批判性。我們都知道，只有面對嚴肅的現實問題，高揚批判的道德勇氣，文學工作者才有可能在他們的作品裏眞正地關切到人的處境；而我們也不會忘記：這種現實嚴肅性及道德批判性曾澎湃地表達在較早期的中國小說中。最近《夏潮》雜誌爲我們介紹的楊逵、呂赫若及賴和，便是這一浪潮中較突出的幾位早期省籍作家。他們的作品的再現誠然令我們心喜。

曾心儀和此時此地勤奮筆耕的衆多小說工作者一樣，重新把此地的中國人與此時此地在台灣的中國社會的現實結合起來，因而在表達了社會現實令人不得不肅然的層面之餘，還能高昂地流露濃烈的道德批判性。這是値得我們關心現代小說的讀者朋友的一點。

曾心儀最爲一般讀者所熟知的一篇小說大概就是那篇引起「歸國學人公害」探討的、入選聯副六十五年度小說徵文的〈我愛博士〉。可惜一般人只把它當作一篇赤裸裸描述男歡女愛的作品，而沒能像王璇先生一樣地透視到曾心儀筆下的嘲諷。然而，王璇先生似乎也只注意到了小說中常博士這位歸國學人的負面形象，強調了這些歸國學人的公害代表性。至於小說的敍述者——那位「有過許多挫折、打擊」的女孩子則等於略過不提。事實上，曾心儀這篇小說嘲諷的張力之所以顯得那麼強，主要還來自於「博士」與「我」之間的強烈對比。這兩種人的強烈對比，若光從他們學歷上的差異來看，還顯得太表面化（一個是哈佛博士，一個是高中畢業生）；光從個性上的差異來看，也嫌太片面（一個穩重而虛假，一個活潑而率眞）；根本還在於「博士」與「她」個別的成長過程及經濟條件之天差地別，而這可以從小說字裏行間看出來。比如說，她第一次見到常博士的時候的印象是這樣的：

> 他是羞澀的，但是他的風範絕不是一位刻苦的青年，他流露著富裕人家的福泰，留學生的自信、洋氣派。他的眼光流露著堅定、尖銳的神色。他有足夠的高級知識分子的自信心和權威感。

主觀上，小說中的她所企盼的是認識一位「刻苦出身」的人，而不是「富裕人家」的子弟。這一層，她是失望了。再說，一個人神色「堅定」，未嘗不是好事，但「尖銳」可就叫別人不好受了；知識分子有「自信心」應是好事，但有「權威感」，恐怕就會造成壓迫人的實質了。然而，在「共同追求知識」的美夢下，她容忍了這些；在「共同追求知識」的美名下，他欺騙了自己，也欺騙了她。

在這篇小說中，曾心儀並沒有用心把小說中的「她」的成長過程作一番比較具體的交待。雖然曾心儀也把常博士的家庭勾劃了一下：「他是極講究吃食。他成長中不曾受過窮苦。他已過世的父親曾有很好的職務、地位，有足夠的能力培養他們孩子受高等教育……母親是嬌貴的小姐，從不做家事，生下孩子交給奶媽帶……」然而，從較高的一個層次來要求曾心儀，在小說中處理這種嚴肅的社會現實問題，這樣單薄地、片面地輕描淡寫，顯然是很不夠的。

中篇小說〈一個十九歲少女的故事〉中的人物，由於有了社會經濟條件的牽制引導，才顯得較爲眞實。我們相當明晰地看到小說人物的成長過程。小說主要人物翠華從小就是一個單純、勤快、努力於學習的好女兒。但現實的壓力一步一步地把她逼向絕路，使她差點自殺。

從小，翠華所感受到的痛苦就是父母時常的爭吵，總是爲著錢不夠用，爲著向雜貨店、市場菜攤賒欠了債，爲著債主登門討債，拿不出錢來還，爲著孩子們的學費籌不出來，布鞋破得不能再穿，又沒有錢買……父母的爭吵眞是使翠華緊張、痛苦，覺得生活的壓力好重，沒有遠景。

的確，這個家庭裏的每個人「時時遭受著貧窮的鞭撻」，「生活，於他們的意義，狹窄到只是成年累月地煩惱匱乏衣食。」而且，「這個問題愈來愈暴露，愈嚴重了。」爲什麼呢？爲了保住孩子的生命，破爛不堪的房子需要改建。改建的錢從哪裏來？唯一的解決辦法是：舉債！這一點，作者交待很淸楚：「這是黎家最大的一筆欠債的來由。也是這個家庭日後破碎、翠華受難之始。」赤裸裸的事實是：儘管母親出外幫傭，父親養雞爲副業，「債務仍像滾雪球，愈滾愈大，有時連利錢都付不出來。」在這樣「錢」字當頭的社會裏，負債的人是毫無還手之力的被欺凌者，而債主則是可以不必負責任的欺凌人者。只爲了區區三百元，翠華平白遭受色鬼債主的侮辱，掃盡了人的尊嚴。求學中的翠華只好把心一橫，當舞女去了。最直接的犧牲者——翠華——深深了解，「這是在大家的苦難上又加添了更大的痛苦啊！」「然而，現實是不會自己消逝，它緊緊糾纏著這個家裏的每一份子，緊緊黏附在他們伸展的生活上。」

翠華的苦難不是孤立的。在舞廳中飽受屈辱的翠華在屈辱中也看到了其他淪落者——來自不同地區，有不同遭遇的舞女——的苦頭。由於她能夠張開眼睛觀察世界，而不只是自憐兮兮地熬受自身的痛苦，她看世界的觀點逐漸開朗了。而這個觀點明明白白地表現在第三部分的小標題上——「紳士和舞女——一個現象兩個階層：買樂和出賣」。

這個現象是：出賣的舞女要任人摸弄，忍受屈辱，在數舞票的時候，「一張張地數，設法不去回想賺它們時的屈辱。畢竟還是忍受不住悲凄，眼淚源源奪眶而出。」最後，爲了不敢得罪「紳士」，而終於還是給「佔」了。

這個現象是：紳士一頓豪華的美餐「費用足抵翠華家裏兩、三個月的伙食。」與紳士斯混下來。

> ……翠華深深領會到，她和舞廳的姐妹們，與汪先生這類舞客是生活在兩個極懸殊的世界。他們的享樂，他們的花費，只是他們巨資裏小小的部分，而他們每一次的花費，對翠華的家裏來說，就是一個長時期的生活費，是極難得賺到，縱然父母姐弟嚐盡了辛苦，都不能使家人獲得起碼條件的生活。她不禁忿忿責怨，這個社會眞是充滿矛盾和不平。

〈一個十九歲少女的故事〉主要的描述對象是困苦、屈辱中成長的一個少女；〈酒吧間的許偉〉則透過一位青年在酒吧短時期生活體驗爲衆多吧女伸張正義。在〈酒吧間的許偉〉裏，作者透過許偉來表達她對這些渴求做人的尊嚴卻不易維持尊嚴的吧女的深刻關切。許偉「落在痛苦的情緒裏。爲什麼要賣身來換取生活呢？爲什麼維持一個基本生存是這樣的困難？」許偉不斷地這樣問。這一問，就「怎麼樣也不能停止思想的衝突、掙扎，良心的譴責」了。

許偉不是個自私的人，不會「厚起臉皮當睜眼的瞎子，絕不承認事實裏有些黑暗，這些無盡的痛苦，這些掙扎不出來的沉淪。」鬧了一個事件，痛打了一個欺人太甚的洋色鬼，許偉要離開了。離開了之後到哪裏去？小說並沒有交待。那許多爲種種外在因素所牽制的酒吧小姐們到哪裏去？小說也無能交待。我們只是模糊地聽到許偉喃喃自語：「我所歷練過的，就是我信心的來源。」「我所受的屈辱、痛苦，就是我再生的力量！」

〈我愛博士〉中的「我」可以「像以前遭遇多次的挫折一樣」，「在痛苦中靠自己的力量慢慢站起來」，因爲她還能追求知識，而且有較好的社會條件，最重要的是她有一個「爲社會服務」的理想，這個理想驅策她勇敢地活下去。至於其他如〈閣樓裏的女人〉、〈從大溪來的少女〉、〈烏來的公主〉以及〈十九歲少女的故事〉中那無數個還沒有機會尚欠缺認識的被侮辱、被損傷的人呢？曾心儀多次透過故事敍事者的嘴巴來傳達這個訊息：「到什麼時候，妳才可以安心、健康地生活？」

誰能回答這個問題呢？

在〈美麗小姐〉中，我們看到的女店員：「不管生意好壞，她們總是辛勞、疲倦，就只說她們一個月三十天要站廿八天，每天從早上十點站到晚上十點半，站十二個半鐘頭就夠累死人了；除此之外隨時籠罩在老板的苛責作業成績壓力下，她們的顏臉如何呈現得出笑容和生氣活力呢？」「月入兩千多，付房租（那些昏黑不見天日的房間裏，幾個人擠一張床）就花掉了五百多，每天早點五塊錢一碗陽春麵，直熬到中午。這樣低的待遇，卻付出極大的艱辛，從來也不見老板有過柔和的笑容；眞是爲誰辛苦呢？」可不是嗎？眞是爲誰辛苦呢？

我們如何解釋這些不合理的現象呢？作者透過美麗小姐李蘭的看法作了如下的含蓄表達：「西門町是一個閃爍的世界，美國的、日本的一些著名的商品標誌高高矗立在建築物羣的頂端。那些電器、藥品、鐘錶的名目那樣地令人們熟悉，幾乎以爲它們都是國產貨。人們絲毫感覺不到本國的經濟被侵滲了。」

認識到了這一層，曾心儀對文學的認識就和一般人大大不同了：「它不再是裝飾生活，不再是消遣，而是一種使命，爲人們說話，說出痛苦，說出願望，說出方法。它是一把利刄，劃破虛僞的面具，看出它的病癥。它是我們的力量。」

果眞如此，我們可以進一步要求曾心儀，也要求我們自己——這股力量還不大。曾心儀一人所能觸及的社會現實終究有限，正如同楊青矗、黃春明、王拓個別的能夠觸及的社會現實終究有限。在使命感的基礎上創作絕不是個人的事業，而是羣體的事業。每一個高揚批判的道德勇氣的現實主義小說作者的作品結集出書，都代表我們社會新生力量的再開始。

由此而更進一步要求曾心儀，也要求我們急切透過文學藝術表達的青年朋友：要更謙虛學習，要能廣面也更深入地從現實生活裏吸取寫作題材，同時要更加細心地照顧作品的藝術性。

——原載一九七九年曾心儀著《我愛博士》

烈性女子的愛
——小談曾心儀和《貓女》小說集

許振江

乍讀到曾心儀早期作品〈彩鳳的心願〉，就感受一股激流在振盪。那時，我正在唯情唯美之中浮沉，對於較不潤飾的文字，並不那麼重視，更甭論當做學習之榜樣，可是曾心儀的小說，卻讓我覺得有一種異樣的感動；那是血肉汗淚交織出來的，純粹生活過來的，絲毫不摻假的眞實生活的反映。

但眞正好的文學作品，很可能把生活裏的眞假互置，使讀者在研讀後的感動之中，分不清楚到底孰眞孰假？正因爲曾心儀的小說精采動人，所以許許多多的傳言便翻滾流傳得十分厲害，不過，我沒有碰見過她本人，傳言依舊只是傳言，倒也無損我對她小說的喜愛，只是慢慢在心目中塑定她是一個兇巴巴的「恰」查某。

剛好，那時黨外民主運動正如火如荼展開，雖說我也予以關懷，但那是因爲楊青矗是好友的關係，對於眞正政治，因「白色恐怖」的陰影猶在，哪敢去碰觸？突然，在報端新聞看到曾心儀到橋頭，聲援余登發父子被捕，跟警總人員起了衝突，不禁大吃一驚；啊喲喂，這個查某人不想活了？警總人員是何等人物啊？她竟敢在太歲頭上動土？旋即沒多久，美麗島事件爆發了，許多黨外人士相繼被捕，施明德事件鬧得滿城風雨，而曾心儀竟是「漏網之魚」！

在心裏一方面為她慶幸，一方面卻有點存疑；怎會她沒事？念頭剛起，就又看到她跑到法院自首，要求被關起來的消息，這自然不會如她所願！寧願去受牢獄之災，而不肯倖存在外，這是多麼剛正的性格！這益加堅定我在心中所塑的形象。

而後，在一次文學聚會裏，我見到了曾心儀，又是大吃一驚，她怎麼會是這樣嬌小瘦弱的女人，和我所想像的相差何其之遠!?簡直是……無論如何，都無法想像得出；這麼嬌弱的軀體裏面，怎會有那麼激烈的情緒？洶湧澎湃！生續不息！

她和文友在一起時，極少提到政治。葉石濤先生偶爾會語重心長地跟她說，要她多創作些文學作品，少參與街頭運動。曾心儀總是一句話；看不過去嘛，這麼多不公不義的事！

從戒嚴到解嚴，社會上不公不義似是多了起來，其實那是積存多年的弊端，只是現在翻到表面上來而已，曾心儀對這些事，更是痛心疾首；新光女工，桃客糾紛，鄭南榕、詹益樺自焚……每一件事，她都是熱烈地參與，不眠不休，甚至絕食……唉，她那種身子怎堪得……

如有一段長時間沒有她的訊息，朋友們不禁會爲她擔心，她卻碰地寄來一篇小說，或是一篇報導，表示她還活著。

「活得好不好，沒有關係，活得有意義，才是重要的。」她時常告訴朋友這句話。其實，她最「心儀」的還是小說創作，所以她寫作時取筆名用了「心儀」這兩個字。（這當然是我個人的揣測）

縱令街頭運動是如此的勞心費神，挫折不斷，但她對於小說創作仍秉持著嚴謹的創作精神，絕不無病呻吟，無中生有，每一篇創作都有其豐富的體驗作根基，這和目前台灣所流行的女作家「輕、薄、短、小」的作品，有極大的不同！

我無意把曾心儀的小說作品歸列爲某類作品，但她在小說中所傳達出來的訊息，是這麼樣地強烈！

她的文筆素樸自然，很少運用衆多的形容詞，一句一句說得十分清楚，但在明白清晰的話語裏頭，卻時有豐富的涵義存在，在她描寫愛情的段落，可以讀得出來。

——我緊緊摟著心愛的人，不是擔心失去他——我確實知道，世界上沒有一個人能把他從我這兒奪走；我緊緊摟著他，只是讓我的熱情淋漓地傳遞給他，這不是在與什麼事情作對照，也不是什麼潛意識的轉移；我們只是單純地、享受著性愛。——(消失)

就這麼一句「我們只是單純地、享受著性愛。」可以看得出來曾心儀的企求並不強烈，但就是這樣「單純」地愛，亦無法得到，最後還是「他們強有力地拉走他」，於是曾心儀寫出了：

——我以前並不確知，這種心被割裂的痛苦確實活生生地存在這個世界上。——(消失)

這種心如刀割的愛情哦!?

雖然曾心儀筆下的情愛是直接而眞摯的，但她在處理一些場景時，卻運用了隱喻的手法，意象十分「吊詭」，「反諷」氣息濃厚：

——年復一年地過去，凡是曾羞辱、排擠葛小姐的人，都受到她的報復，被她殺得片甲不留，在金融、政界毫無立錐之地。但是，對於自己的綠眼睛、彎硬的尖指甲，以及鼻

側剎了又長出來的白鬍毛，她一點辦法也沒有，只好耐著性子，每天花一段時間去處理它們。——（貓女）

這是曾心儀小說中時常顯露的藝術性文學結構，可惜許多人的眼光都放在她的「政治訴求」而忽略了她這方面的成就。

作品系列一～四，是曾心儀近年來最完整的系列小說，她裏面所示的信念，可以直逼《一九八四》這本世界名著，尤其在系列三——〈火鳳凰〉這篇作品裏面，她所描繪的一個「黑盒子」——「銀色集團」的聚會場所，就有令人難以忘懷的場面：離開的人或是所謂背叛的人，都要被火燙去眉毛。這種類似古代黥刑的責罰，在曾心儀筆下寫來，使人不寒而慄。受刑的人不僅是顏面受傷，就是整個心靈亦是永遠罩在陰影之下，萬劫不復。

許多人曾魅惑於執政者的宣導，而認爲這絕對不可能會存在於這個社會。但既屬於「秘密」結社，自不是隨便任何人都可以看得到的，只是，曾心儀把「它」翻到枱面來，當然使習慣於表面的昇平和樂的人，大吃一驚了。

作品系列中所描繪的人物，有的甚至可以呼之即出，有心人一看就知道是在寫什麼人，十分貼眞。尤以她用「愛」來觀護，看得使人心酸不已。

「愛」是一個作家最基本的要素，但只是這種「觀照」和「關愛」某個人的角度來寫，毋寧是較爲單薄的。曾心儀如以她豐富的政治體驗和人際關係爲經，以台灣整個社會變遷的時空爲緯，交織出一部磅礡的史詩型鉅著，相信所造成的震撼力，將會凌駕許多作品之上。

〈貓女〉是曾心儀八年來，第一部結集出版的小說。在一位小說家來講，這種數量實在是太少，希望藉由此書的出版，曾心儀能夠加緊脚步，多創作些精采的小說問世，綜觀本書，曾心儀所顯露的訊息十分完整，讀完後，不禁掩卷——

這是一個烈性女子的愛！

——原載一九八九年九月廿七～廿八日《太平洋日報》

曾心儀小說評論引得

方美芬
許素蘭　編

說明：

1. 本引得，依發表或出版日期之先後順序排列，以一九九一年十二月卅一日以前國內發表者爲限，海外出版者，列爲附錄。
2. 若有舛誤或遺漏，容後補正。

篇名	作者	刊(書)名	卷期(出版者)	出版日期
1.面對嚴肅的現實問題，高揚批判的道德勇氣——《我愛博士》代序	王津平	我愛博士	遠景	一九七七年九月
2.關於〈彩鳳的心願〉	王鼎鈞	小說新潮	二	一九七七年十月

篇名	作者	刊(書)名	卷期	出版日期
3.〈彩鳳的心願〉附註	隱地	六十六年短篇小說選	書評書目	一九七八年五月
4.我讀《等》——簡介曾心儀的幾篇小說	吳玉蘭	書評書目	九七	一九八一年六月
5.七十五年「吳濁流小說獎」評審感言——關於〈作品之二〉	彭瑞金	台灣文藝	九九	一九八六年三月
6.烈性女子的愛——小談曾心儀和《貓女》小說集	許振江	太平洋日報		一九八九年九月廿七～廿八日
7.烈性女子的愛——《貓女》序	許振江	貓女	派色文化	一九八九年十月
8.《貓女》的文學意義是什麼？	蘇艾	台灣時報		一九九〇年四月十九～二十日

附錄

方美芬 編

篇名	作者	刊(書)名	卷期	出版日期
1.一把剖開台灣現實的利刃——曾心儀和她的小說	潘夢圓	福建論壇	一九八二：六	一九八二年十二月

2.曾心儀小說的獨特性	黃重添	福建文學	一九八三：八	一九八三年
3.台灣底層婦女的厄運：略談曾心儀和她的小說	夢圓 錫河	深圳特區報	四	一九八六年三月九日

曾心儀寫作簡表

方美芬 編
曾心儀 刪訂

一九四八年 生於台南市。本名曾台生，祖籍江西永豐。父親原是空軍軍官，以上尉退役，母親為台南人。

一九六五年 父母仳離，身為手足老大的她，自此以苦學方式工讀、寫作。擔任過百貨公司店員、化妝品美容師、廣告公司秘書等職務。然眷村的貧困生活和苦學經驗，卻提供她豐富的小說素材，且培養出她對現實的敏銳觀察力。

一九七四年 小說〈忠實者〉發表於《中外文學》，此後致力於思想性、社會性的創作。

一九七六年 小說〈我愛博士〉發表於《聯合報》，結果深受注目，並獲《聯合報》小說獎。

一九七七年 九月，小說〈一個十九歲少女的故事〉發表於《夏潮》三卷三期（後來收入《我愛博士》一書。）

十月，小說〈彩鳳的心願〉發表於《小說新潮》二期。

短篇小說集《我愛博士》由遠景出版社出版。

受到當年鄉土文學論戰的影響，更加關切社會問題和政治問題。

參與選舉運動。

一九七八年 一月，反諷體散文〈大鈔帶來的快樂——小朋友阿寶的日記〉發表於《夏潮》四卷一期。

三月，論評〈我們活在廣告的世界裏〉發表於《夏潮》四卷二期。

一九七九年
四月，論評〈這是學校的事〉發表於《夏潮》四卷四期。
五月，評論〈諍言給聯合報副刊〉發表於《夏潮》四卷五期。
九月，短篇小說集《彩鳳的心願》由遠景出版社出版。
發表書評〈聽聽戰地兒童們的心聲——簡介「寫給戰爭叔叔」〉、〈論李雙澤小說「終戰の賠償」〉、〈「新青年」雜誌歷史地位之評判〉於書評書目。
參與余登發父子被捕的抗議示威遊行活動，並被推選為《美麗島》雜誌社務委員。
短篇小說集《那羣青春的女孩》由遠景出版社出版。
十一月，短篇小說〈烏魚子〉發表於《台灣文藝》六十四期。
十二月，由於親歷高雄事件，遂寫成日記〈在痛苦中成長〉。

一九八〇年
二月，因林義雄家事件發表〈給素敏〉書簡致林義雄夫人。
散文〈急診室的聯想〉，發表於十一月二十九日《聯合報》。
十二月，短篇小說〈我走過椰樹蔭影〉發表於《台灣文藝》七十期。
發表書評〈我讀「廣陵散記」〉於書評書目。

一九八一年
一月，散文〈酒會聯想〉發表於十七日《聯合報》。
十月，多氯聯苯事件報導〈黑鄉〉發表於《現代文學》復刊號十五期。
小說、隨筆、日記合集《等》，由四季出版社出版。

一九八二年
四月，短篇小說〈有一處精神病院〉發表於《文學界》二期。
五月，散文〈鍾先生印象記〉發表於《台灣文藝》七十五期。

一九八三年

六月，經二度休學後，終自私立中國文化大學夜間部大眾傳播學系畢業。其所任職《民衆日報》記者，因聲援蓬萊島雜誌案事件而被迫離職。

發表書評〈錯誤的美學觀點築起文學危樓——試評瓊瑤小說「月朦朧鳥朦朧」〉、〈「斷指少年」所顯現的問題〉、〈一部濃縮的台灣抗暴史（林梵著《楊逵畫像》）〉於書評書目。

一九八四年

一月，短篇小說〈消失〉發表於《文學界》五期。採訪〈大家一起來重視民俗藝術——邱坤良訪問記〉發表於《台灣文藝》八十期。

五月，採訪〈工人作家楊青矗的故事〉發表於《台灣文藝》八十二期。

十一月，短篇小說〈星星墜落了〉發表於《文學界》十三期。

一九八六年

八月，短篇小說〈作品之二〉發表於《文學界》十五期。

二月，與李筱峯合編《台灣一九四七——名家憶談二二八事件》，自印出版。

九月，短篇小說〈人間的界限〉發表於《台灣文藝》一〇二期。

十一月，短篇小說〈作品之三〉發表於《文學界》十八期。

一九八七年

二月，散文〈有一個框框叫「絕望」〉發表於《文學界》二十一期。

五月，短篇小說〈作品之四〉發表於《文學界》二十二期；散文〈冷〉發表於《台灣文藝》一〇五期。

七月，散文〈船過水無痕〉發表於《台灣文藝》一〇六期。

一九八九年

一月，論評〈他們爲什麼露宿街頭？〉發表於四日《台灣時報》。

十月，〈「貓女」後記〉發表於十一日《台灣時報》。

短篇小說集《貓女》由高雄派色文化出版公司出版。

一九九〇年

編選並自印《阿樺》（詹益樺）一書。

五月十四日，中篇小說〈斷殘紅〉連載於《民衆日報》。

六月，論評〈生命裏必須面對的恐怖——「五二九」後的省思〉發表於二十九、三十日《台灣時報》。

十月，短篇小說〈淚眼的收割〉發表於二十九、三十日《民衆日報》。

一九九一年

三月，散文〈在二二八的血地生長〉發表於三、四、五日《自立晚報》。

四月，短篇小說〈跳探戈的女孩〉發表於二十六、二十七《民衆日報》。

五月，散文〈又聞稻香〉發表於二十八日《民衆日報》。

八月二十六至二十八日，散文〈因爲我是母親——陳婉眞危機的省思和堅持〉發表於《民衆日報》。

九月二十七日，散文〈零用錢〉發表於《自立晚報》。

十月十六日，雜文〈沒有修完的學分——「一〇〇行動聯盟」集訓、實習記〉發表於《自立晚報》。

國家圖書館出版品預行編目資料

曾心儀集／曾心儀作；高天生編.
--初版.--台北市：前衛，1992［民81］
288面；15×21公分.--(台灣作家全集，短篇小說卷，戰後第三代：3)

ISBN 957-9512-59-0(精裝)

857.63 81001520

曾心儀集

台灣作家全集・短篇小說卷／戰後第三代 ③

作　　者／曾心儀
編　　者／高天生

出版者
前衛出版社
總本舖／112台北市關渡立功街79巷9號1樓
電話／02-28978119 傳眞／02-28930462
郵撥／05625551 前衛出版社
E-mail:a4791@ms15.hinet.net
http://www.avanguard.com.tw

出版總監／林文欽
法律顧問／南國春秋法律事務所・林峰正律師
出版日期／1992年4月初版第一刷
2006年3月初版第五刷

ISBN 957-9512-59-0

定價／250元